未读 | 纪实

UNREAD

出租车司机日记

[日] 内田正治 著
沈于晨 译

天津出版传媒集团
天津人民出版社

目录

前言

年收入最高556万日元、最低184万日元

“喂！你往哪儿开呢？！”

后座传来乘客的大声怒吼。

这位乘客从浅草桥*附近上车，丢下一句“去八重洲”就开始打电话。当时还是新手司机的我对路线一无所知，想询问乘客，无奈他一直在通话。没办法，我只能先按照大致的方向开，途经昭和大道、中央大道后抵达新常盘桥十字路口**时，我下意识地踩了急刹。

我知道，现在必须沿某条路左转。

于是我诚实地向乘客致歉：

---

* **浅草桥**：附近有JR总武线、都营地铁等车站，大型十字路口连通靖国大道、江户大道等马路。附近开有老牌玩偶店，白天我常常会在那里的车站等客。（如无特殊说明，本书脚注均为作者注。）

** **新常盘桥十字路口**：穿过这个十字路口后就会进入永代大道。虽然到那里再左转也能抵达八重洲，但明显会绕远路。

“对不起，刚才因为您在通话所以我没敢问您，但现在必须和您确认一下……”

“真是无语，我不都说了去八重洲吗？”

“非常抱歉，我对这片区域还不熟悉。”

“啧！”

这位乘客看上去三十岁左右，此时明显是在咂嘴表达不满。

“抱歉，可以麻烦您告诉我应该往哪条路开吗？”

当时的我一直把“抱歉”这个词挂在嘴边。

我早就知道出租车司机这份工作薪水并不高，但它在社会中所处的地位，我却是在工作过程中才慢慢体会到。从前我觉得出租车司机不过是众多职业中的一种而已，但现实却狠狠打了我的脸。

虽然常言道“职业不分高低贵贱*”，但这只是一种理想状态。坦白说，这份工作让我切实地感受到了社会的等级制度。

有些乘客会以居高临下的态度对待司机，将司机当成释放压力的对象。当面对乘客无端地找茬时，我们并不会反驳，只是一味忍耐，等这些讨厌鬼下车以后再独自在车里多次大声怒吼：“蠢货！”

---

* **职业不分高低贵贱**：曾经有一位大阪的搞笑艺人因侮辱出租车司机是“卑贱的轿夫”而被当事司机起诉。虽然未被立案为刑事案件，但提起民事诉讼后，大阪高级法院判决艺人方赔偿受害司机10万日元的精神损失费。想必是受害的出租车司机坚持提起民事诉讼的结果。

由于某些原因，我在五十岁时失业。

为了年迈的父母和还在读大学的独生子，我必须赚取生活费。但五十岁的我身无长技，亦无特殊能力，所以并没有选择工作的权利*。可无论如何我必须尽快赚到生活费，于是我成了一名出租车司机。

退休后翻阅源泉征收票[1]时我发现，我的年收入最高达到556万日元（2005年），而我六十五岁退休时年收入仅有184万日元。

虽然我的出租车司机生涯里不乏憎恶与厌烦，但我也收获了很多欢欣与快乐。

很多乘客会问起我从事这份工作的缘由，但凡有人问，我就会诚实地回答。如果我无所隐瞒，乘客也同样会打开心扉，与我讲述他们的境遇。我还曾与长途乘客畅谈人生。司机与乘客之间的互相交流让我感受到了这份工作带来的独有喜悦。

本书囊括了我从五十岁开始做司机到六十五岁退休的十五年间**的经历。

有关出租车司机的实际情况以及这个职业的成功秘诀等相关内容的书籍在市面上已经出版了不少。

---

* **选择工作的权利**：我不懂电脑，持有的资格证也仅有普通的驾驶执照。而且以我这个年龄，能做的大抵也只有保安之类的工作。

** **十五年间**：我同事的平均年龄都已超过六十岁，甚至有些资深司机的驾龄长达二三十年。但对我来说，十五年已经是一段相当长的时光。

但我想与大家分享的是我个人独有的经历与想法。

在本书中，我写下了这十五年间我每天所经历的故事，以及在我退休后暴发的疫情对出租车行业所造成的直接性冲击。由于社情与我现役时不同，与在职同事沟通后，我还在书中加入了行业剧变相关的内容。本书内容均为实情，绝无虚假*。

如果除了出租车司机朋友们以外，能有更多的“圈外人”了解出租车这个行业的喜怒哀乐，那我将感到不胜荣幸。

---

* **绝无虚假**：相较于我在职的时代，如今有些情况已经发生了变化。此外我希望大家明白，不同出租车公司的情况也会不一样。书中出现的人物姓名均为化名，为了保护个人隐私，部分信息做了模糊处理。

译者注

1　日本记载雇员年收入和被代扣代缴所得税金额的文书。

第一章

汗水、眼泪与叱骂充斥的日常

某月某日

关于出租车公司的录用标准：

我的应聘故事

我决定成为一名出租车司机。

但面对众多的出租车公司，我陷入了选择困境。正当我迷茫时，一句招聘标语偶然间吸引了我的注意——“要选就选大公司！”2000年我开始找工作时，出租车行业正值招聘热潮，各家公司争相“抢人”。业内共有四大龙头公司*，其中一家的名字连我这种外行人都耳熟能详。

电话沟通后对方问我：“请问你什么时候方便来面试？”我装模作样地提供了几个可能的日期，然后迅速和对方约好了面试时间——嗐，其实对于我这个无业游民来说，哪有什么不方便的日子啊！

后来我才知道，原来那通电话就相当于第一轮考核。

---

* **四大龙头公司**：出租车行业四大龙头简称“大日本帝国”，取大和汽车、日本交通、帝都汽车和国际汽车四家公司名称的首字（或首两字）构成。这四家公司占据了东京都内法人出租车市场约三成份额。其他还包括东都汽车、GreenCab、日之丸汽车等中型公司。

假如应聘者在电话里用很不礼貌的语气直接问："喂！你们现在招司机吗？"那当即就会被淘汰。

之后我按照约定时间前往公司参加面试，当时会议室里大约有十五名应聘者，负责人让我们在资料上填写为何希望加入这家公司。

一般人应该都会写诸如"我认为贵公司有发展前景"，或者"我觉得这份工作能养活自己"之类的话吧，但我却犹豫着无从下笔，毕竟我对这份工作并没有特别的热情。负责人似乎察觉到包括我在内的很多人都不知所措，于是他告诉我们："没关系，大家也可以照实写'因为除了这份工作我别无选择'。"其实这应该是很多人的心声，听到负责人这么说，会议室里的人们都舒心一笑。

接下来是体检环节，负责人特别关注应聘者是否有文身。我们这十五人全部过关。

第二天是总经理一对一面试*。

面试顺利结束后总经理问我："你还有什么不清楚的吗？"

我问道："请问是每人一辆车，还是几名司机交替使用一辆车？"

其实这属于业内常识，通常由两名司机交替驾驶一辆出

---

* **一对一面试：**总经理问我："你为什么选择我们公司？"我答道："因为我看到了那句招聘标语。"他笑了："那句话是我想出来的哟！真高兴听到你这么说！"

租车，但我在进公司前却对此一无所知，完全是出租车行业小白*。

事后我接到了电话通知："恭喜你被录取了，请于某某日来公司报到。"

那一刻我如释重负。

在此之前，我因为遭遇了"破产风波"（后文中我会再讲到这场风波）而陷入混乱，甚至都没想到去申请失业保险，短短一个月左右就花光了本就微薄的存款，生活十分窘迫。

现在我接到了录取通知，接下来不用再为求职奔波，也可以告诉同住的母亲我已经找到了工作，无须再为生活费担心。真是松了一口气！

后来我才知道，据说当时的录用标准其实只在于面试时的态度，和年龄、性别、履历没有半毛钱关系。这，便是我初次涉足的出租车行业。

---

* **行业小白：**因为我住在外县，所以完全不了解东京的路线。我对总经理坦言了这份担心，但他告诉我："没关系，乘客会教会你的。"后来我才深切地感受到，我们会遇到各种各样的乘客。

某月某日

出租车行业的伊吕波：

群“英”荟萃

确定录用后便进入了培训阶段，首先要学习的是“伊吕波”，即出租车行业常识。公司会为参加培训的职员提供培训期间的日薪及往返交通费，这对于当时的我来说无疑是雪中送炭。

在实际驾驶中，出租车行业存在很多约定俗成的做法，比如黄灯时只要确定安全便可以继续前行*，空车时须沿最左侧车道线行驶**，等等。很多规则我都是第一次听说，于是我在自备的笔记本上奋笔记录下了教官的话。

我们的教室里共约十五人一起上课，年纪最小的二十岁出头，最大的六十多岁，比我还要年长。

培训时某位老师提到：“我想在座的各位选择这份工作的初

---

* **确定安全便可以继续前行**：大多数乘客都不喜欢因红灯停车，但如果是空车状态下在十字路口遇到黄灯，那么司机通常会选择停车，因为有可能会有乘客在那里打车。

** **空车时须沿最左侧车道线行驶**：空车时通常靠左行驶，以便发现有乘客举手示意时停车，但也有很多缺乏常识的人会从右车道并入。

衷应该各不相同，比如樋口先生其实毕业于名校早稻田大学。”

于是，大家的目光自然而然落到了樋口先生身上。尽管没有人问出口，但想必都产生了同样的疑问——“早稻田大学毕业的人为什么要来做出租车司机啊？”樋口先生看上去三十五岁左右，他十分坦然地微笑着，并未显露出一丝畏缩或羞涩。

每个人出于不同的缘由同时以出租车司机的身份站在了起跑线上。如此想来，尽管大家的年龄和履历都各不相同，但我觉得他们就像与我并肩作战的同志一样。

老师还在培训中列举了一些曾经发生过的真实案例用来指导我们。

“虽然我们要满足乘客的需求，但请注意绝对不能做违法的事情。有些司机对乘客唯命是从，明明是单行道却逆向行驶，还有些司机严重超速。对于这类要求，我们必须坚决拒绝。”

其实在实际运营的过程中难免会碰到很难拒绝的情况吧。唉，我明明还只是坐在教室里培训，却已经逐渐感到不安。

如果司机在空车行驶时看到有乘客举手示意却未停车，则会被视为“拒载*”。这种行为被严令禁止。《道路交通法》第

* **拒载**：其实经常会发生司机忽略举手的乘客，然后直接把车开走的情况，但很难证明司机的行为是否属于故意。或许正因为如此，从未听闻有司机因“拒载”而受到处罚。

98条第6号规定：拒载应被“处以100万日元以下的罚金”，并需要前往出租车中心接受严格的培训。

除此之外，培训内容还包括各种实践性课程，比如如何操作显示牌*、如何应对昏睡的乘客**以及如何处理事故，等等。

学员在培训过程中不仅要听讲座，还需要基于所学内容反复进行实战演练，教官会亲自搭乘学员的车。我们会在公司内部场地用真的出租车练习驾车，并学习如何开关车门***，而同事们会互相充当乘客。

我原以为这很简单，但实操后却发现出乎意料的艰难。诸如和乘客保持好距离、卡好时间点等细节，也都需要一定的经验去熟练掌握。

等乘客上车并确认目的地之后，司机再打开打表器。

出租车的打表器可以同时统计行驶时间和行驶距离，并自

---

* **显示牌**：乘客可以从显示牌（super sign）了解该车的行车状况，比如“载客中”“空车”“回场”“接客”“包车”等。此外，司机右膝附近设有紧急按钮，一旦按下，车顶的警报灯就会闪烁红光，通知外界“该出租车处于危险状态，请帮忙报警”。

** **如何应对昏睡的乘客**：有些乘客看上去面目狰狞，很像“那条道”上的人，到达目的地以后不管怎么喊都喊不醒。据老师说，曾经有胆小的新手司机最终没叫醒乘客，结果和乘客在车里从黑夜待到了天明，真叫人哭笑不得。老师教我们尽可能大声地呼喊乘客，假如真的无论如何都喊不醒，那就去派出所和附近的警察署，交给警察处理。

*** **如何开关车门**：以前的出租车是手动开关车门，司机座位右下方设有手柄，利用杠杆原理将手柄拉起或推下来操纵车门。我做司机的时候已经替换成了按钮式。

动计算出车费。走高速时，司机会调整成只按照距离计算车费的模式，如遇交通堵塞则暂停计费。

到达目的地后乘客需要支付车费。如果选择现金支付，那么按下按钮即可自动生成收据，然后结束行程，但如果选择信用卡和CAB CARD* 等有优惠的支付方式则较为复杂。虽然我的同事们操作起来都很轻松，但我却手忙脚乱，非常惊慌，因为电子系统对乘客来说很便捷，但年过五十的我却只是勉强能学会。

培训课间休息时**，我和同事们会聚在一起闲聊。

英俊的美男子小谷先生以前是名木匠，据他本人形容“技术一流”。

他开过公司，事业最辉煌的时候大约雇有十名员工。但泡沫经济时期他得意忘形地过度扩张，结果等到泡沫崩坏时，公司就很难再继续经营下去了。小谷先生最终背上了将近1亿日元的债务，随后宣告破产。

“势头好的时候那当然拼命往前冲啊，只不过稍微碰了点钉子。可我觉得自个儿的能力不止于此，于是又继续拼命往前

---

* **CAB CARD**：出租车专用IC卡，类似打车票，可用于支付车费。

** **课间休息时**：大家会在这段时间互相交流，聊聊自己为何成为出租车司机以及之前从事的职业。每个人的年龄、出身和成长经历都各不相同，我听得津津有味，但发现没有一个人是应届毕业生。

冲……结果嘛，摔得更惨了。”

当他无法偿还借款时才终于明白自己究竟有几斤几两。

小谷先生感叹道：“唉，匠人就该有匠人的样子啊。假如我之前脚踏实地地干活，现如今也不会沦落到来干这苦差事了，现在我应该还是木匠啊。”

柿原先生提起自己之前应聘过大型保安公司，但没有通过招聘考试，于是来了这里。

“考试题目是写出平假名对应的汉字，比如‘はあく—把握’‘しゅうかく—收穫’‘あいさつ—挨拶’。有将近一半的题目我都不会写，可我看到旁边的人都写出来了。唉，完全没戏啊，所以我就放弃了。”

他竟然连这种事情都坦白地告诉我。

其实我找工作的时候也考虑过是否要应聘那家大型保安公司，但听了柿原先生的故事以后我感叹幸好没去，不然我也大概率会落选。

可见我们这家出租车公司真是“心胸宽广”，连柿原先生和我这样的“精英”都“荟萃”于此了。

某月某日

二类许可考试：

和地图对峙

培训持续了将近一个月，结束后便迎来了最终考试。我们必须通过理论考试和技能考试才能获取二类许可证*。

很多前辈明明练习时表现非常完美，但正式考试时却多次不合格，所以我心里很没底，担心自己通不过。

技能考试那天的考场位于多磨灵园附近**。

当天约有二十名考生，我第一个上场。考官坐在副驾驶座，下一位考生则可以坐在后座观摩，所以对第二位及以后的考生更加有利，可我明白这一点时已经来不及了。

我紧张地发动了车子，虽然最后顺利完成，但中途却严重

---

* **二类许可证**：正式名称是"第二类驾驶许可证"。这是以载客为目的而驾驶车辆所必要的驾驶许可。一类和二类的区别在于驾驶时是否搭载乘客。当我成为正式员工时，营业所长训示："请谨记，二类驾驶许可的重要性仅次于生命安全。"

** **考场位于多磨灵园附近**：离考场最近的JR车站是武藏小金井站，从南出口出站后搭乘公交车约十五分钟可抵达考场。因为这个地方真的很远，交通非常不方便，所以我恳切地希望自己不用来第二次。

失态。

当看到面前的红绿灯是红灯时，我便停下了车，但由于我的注意力都放在了交叉的马路上，结果没能及时注意到红灯已经变成了绿灯。

考官出声问道："你为什么不走？"我闻言瞬间慌乱，赶紧开车，但中途绿灯又变成了红灯……

我知道曾经有人在考试中途就被宣布不合格，然后直接中止考试，所以我一边想着"我完蛋了"，一边继续开完了后续的路程。

考试结束后，考官对我说："请多注意红绿灯的变化。考试合格。"难道是他考虑到我已经年过五十了吗？真是感谢他的宽容啊！

当考官宣布我合格以后，坐在后座观摩的第二位考生不可思议地表示："不是吧，开成这样也能合格啊？！"嗯……其实他说得很对……

在东京和大阪，考生结束技能考试后还要进行地理知识考试。

应该是因为身处大城市，所以考生们必须掌握复杂的道路网络。这项考试的合格率在当时仅约60%*，我犹记得，我与未知的东京地图展开了一场对峙。

地理考试一共四十道题，答对三十二道（80%）以上即合格。

考生可以拿到历年习题集，其中的某道题目会成为考题，同样的题目也依然会再考，所以只要把以前的题目背下来就100%可以通过考试。尽管如此，仍然有人好几次都考不过，真叫人费解。

例如以下这道题目，应该有人能理解吧：

【题目】请根据以下首都高速出入口选择对应的首都高速线**。

首都高速出入口：

（1）中台 （2）用贺 （3）葛西 （4）清新町 （5）霞关

选项：

A. 湾岸线　B. 3号涩谷线　C. 市中心环线　D. 4号新宿线

---

* **合格率在当时仅约60%**：考场位于江东区南砂的东京出租车中心内。考试采用答题卡形式，分为地理考试和法规考试，考生必须全部通过（法规考试自2015年起实行）。2021年5月富士电视台播出的《The Nonfiction 东京出租车物语》中也曾提及“很少有人能一次性通过”该理论考试。不过我考试的时候倒没有那么难。

** **请根据以下首都高速出入口选择对应的首都高速线：**
正确答案如下：（1）G （2）B （3）A （4）E （5）C
我关于这道题的记忆有些模糊，因此该题摘自公益财团法人 · 东京出租车中心网站登载的《历年地理考试题集》。

E. 中央环线　F. 7号小松川线　G. 5号池袋线

对我这种不是在东京长大的人来说，这类考题大多不简单。我告诉自己如果不好好学习肯定不及格，所以我整天都把地图放在身边，从早到晚拼命地背诵记忆，再一道一道地解答以前的考题。

因为复习得非常到位，所以答题时我并不胆怯。

等考试结束、考生交卷以后，我们就会拿到正确答案。

我从自动贩卖机里买了咖啡，正边喝边看答案时，同事凑了过来：

“有道题目是‘绿一丁目的十字路口在哪里*’对吧？我写的是‘因为是绿色的所以应该在乡村’，但其实在两国地区啊！我完全不知道。”

他说着说着就笑了。这位同事来自岩手县，一年前才来到东京。

我通过死记硬背成功地一次性通过了考试。对了，岩手县的那位哥们儿也一举过关。

---

* **绿一丁目的十字路口在哪里**：实际上是两国附近京叶公路和清澄大道交叉的十字路口。京叶公路本是靖国大道的延长路段，它位于浅草桥十字路口附近，于是被称为“京叶公路”。清澄大道是吾妻桥（墨田区）和胜哄町（中央区）之间的马路，我当初经常错以为是清洲桥路，其实清洲桥路是北上野（台东区）和东砂（江东区）之间的马路。

于是，我终于站在了出租车司机的起跑线上。

不过在成为正式员工前还有一道难关，那就是试用期。

实际出车以后，如果一个月左右的时间里未能完成规定的营业收入（即销售额，简称“营收”）就无法转正。反之，如果提升了一定的销售额，则可以缩短试用期，提前转正。也就是说，在实践中考察赚钱的能力。因此，我们这些新手拼命地寻找乘客。

有位同期的同事教我，如果没有乘客的话，可以按下打表器，然后自己掏腰包支付车费，以此来充数。

他说，按车费1万日元计算，其中60%（6000日元）是可以收回的，所以4000日元就权当转正所需要的经费。自掏腰包提升实际业绩，然后尽快转正赚钱，这可真是一份催人泪下的工作啊！

某月某日

初次上岗：

疲倦但靠谱的班长

一想到明天是初次上岗，我失眠了。但这种感觉和小学时郊游前一天兴奋得睡不着觉截然不同。我不断地想象着一些不好的情况，比如如果我不认识乘客要去的地方，或者碰到奇怪的乘客找茬该怎么办，等等。

不过一番发愁后我又改变了想法——“咳，总不至于丧命吧！”没错，我已经五十岁了，历尽人生的千帆，尝遍生活的酸甜，积极面对吧！

第二天清晨约6点40分我就到了公司，我知道自己处于极度紧张的状态。

新手上岗的第一天，公司会安排一位经验丰富的班长*全天

* **班长**：公司会请有一定资历的老员工担任“班长”一职。听说他们还兼任司机，但津贴少得可怜。班长的工作内容包括辅助新手司机沟通、赶赴事故现场、现场指导行车，等等。

坐在副驾驶座辅助。

但给我安排的班长却迟迟没有出现。事务员非常抱歉地对我说："真是不好意思，你今天第一天上班就发生这种事。可能是沟通上出了些差错，请再等一下。"不过我的紧张情绪还未消散之时，班长就"驾到"了。

班长和我差不多年纪，身材瘦削，穿着松松垮垮的衬衫，他迟到了大概40分钟，边坐上副驾驶座边敷衍地表示："对不起啊，我不知道要这个时间到。"啊，总感觉这人不太靠谱……

他问我想往哪里开，我答道："羽田机场*，因为我想记住这条路线。"于是我们向羽田机场出发。

出了公司以后，任何地方都有可能接到客人，我不能错过乘客，所以边开车边关注着路边的行人，但也因此疏忽了驾驶。实际的道路状况也和地理考试时完全不同。

驶入中央区时，我看到有位站在路侧带[1]的男性举手示意。

这是我的第一位乘客，一位看上去四十多岁的白领。

他问道："咦，怎么有两个人？"班长回答："您好，因为这名司机正在培训阶段，所以由我陪同，给您带来不便敬请谅解。"

---

* **羽田机场**：都内的出租车司机一定会去的地方，甚至还有人整天待在羽田机场守株待"客"。待在羽田机场的目的是接送长途乘客，但机场的等客队伍很长，而且是"一锤定音"。假如乘客的目的地是"滨松町"，那司机就会非常颓丧，因为实在太近了啊。

男乘客开玩笑说：“我经常打你们公司的车，不过还是第一次碰到两位师傅一起，今天中奖了啊。”他的幽默缓解了我紧张的情绪。

其实从上路开始我就一直神经紧绷，不过他的玩笑话让我意识到乘客也是普通老百姓，无须惧怕，于是肩上的压力稍微减轻了些。

我开到羽田机场后又返回市中心，途中搭载了数名乘客。

有一位从日本桥上车的乘客告知“去本乡的壱岐坂*”，我回答“好的”并冷静地发动了车子，但其实这个地名我闻所未闻。

我边开边偷瞄班长，为了避开乘客的视线，他用手指给我指路——“右拐”“左拐”“直行”。

虽然一开始看起来不着调，但这会儿的班长突然让我觉得非常可靠，果然姜还是老的辣啊，太佩服他一瞬间就能做出及时的反应了！不过未来的某一天我应该也能像他一样得心应手吧！

那天我从早晨到傍晚连轴转，一刻都没有休息，我偷偷想这难道是司机的日常吗，结果班长像是突然想起来了，笑着说：

* **本乡的壱岐坂**：为了通过地理考试，我计划把都内主要的地名都背下来。但乘客们通常会认为就算是这种不常见的地名，司机也应该了如指掌。我深刻地认识到这份工作真的非常不好干。

“哎？忘记吃饭了啊。抱歉抱歉。”

于是我按照班长的指引和他一起去了东阳町的一家食堂。进入食堂后，我们遇到了很多出租车司机，他们似乎都与班长相熟，互相打着招呼。

我曾听说出租车司机经常光顾的食堂*既便宜又美味，果然传言不虚。

直到晚上11点，我把车还回公司，并从班长那里学习了后续流程之后，这一天的工作才算完成。一般来说，如果从早上7点开始工作，就会在深夜1点结束。11点就已经精疲力尽的我再次陷入了不安——天哪，如此繁重的工作一周要重复多少次啊！

就这样，伴随着疲惫与不安，这漫长的第一天终于画上了句号。

---

* **经常光顾的食堂**：出租车司机一般都知道哪家餐厅既便宜又美味，但近年来由于查处违章停车越发严格，所以大家只选择从店里能看到车和带有停车场的餐厅。以前碰到违章停车时，警察会用粉笔写下提醒，但如今已经进入了人工智能时代，会直接实行电子监测。

某月某日

亲身经历：

小规模批发商的悲剧

完成第一天工作后我休息了一天，第三天又轮到我当班，而从这一天开始，我将独自出车。

出了公司以后，我觉得副驾驶座空落落的，没有班长坐镇我心里很没底，甚至涌起了一股失落感，仿佛失去了很重要的人。

开了一段路以后，我看到路边有位女性举起了手。

我手足无措，但害怕也没用，如果不停车就意味着“拒载”。于是我满怀紧张慢慢靠近，随后轻轻地打开了车门。

这位乘客的目的地是台东区的三之轮，我松了一口气，这个地方我恰好知道。“别看我这把年纪了，其实才刚开始开出租车，您是我第一位正式客人。”她高兴地拍了拍手，“那我可真幸运啊。”真是幸亏这位客人开朗又捧场。

她问我：“您为什么来开出租呢？”

我知道乘客听到我一把年纪还来做出租车司机必定会感到

疑惑，想必今后这类问题*也不会少。

我想过面对不同乘客时分别要聊什么、聊到什么程度，但我从未打算说谎。对这位客人我也是如实回答。

在开出租之前我从事的是日用品和杂货批发业**，算是家族产业，由我父亲起家，原本我以为我未来会想当然地接下这门生意继续干。

我们当时相当于一个小型股份公司，一共五个人——我、我妻子、我父母以及一位帮工的农村男性（逢种田、割稻等农忙时节他就休假），由父亲担任社长，我担任董事。

私人商店是我们这种小型批发商的主要客户。但是自 1980 年起，由于流通快速变革，很多私人商店纷纷倒闭，我们也失去了客户。

最终，便利店和超市在流通变革中存活下来并成了主流经营方，批发商们则沦落为无用之徒。我们这种小型批发商***也

* **这类问题**：关于我为什么成为出租车司机这件事，自然与我此前的失败经历有关，当我提及我的过往，有些人喜闻乐见，也有些人表示担心，如亲人般关切地询问我。每个人的反应都不一样，我觉得非常有意思。

** **日用品和杂货批发业**：这个行业利润低，业务繁忙，我们的工作主要是从厂商那里采购商品，然后再把商品卖给私人商店、医院、学校等。当时还有一个行业习惯，我们会在盂兰盆节和年末这两个时间点向老客户要求回款（催款），这种形式就像完全没有担保的借款。

*** **小型批发商**：由于店铺规模很小，无法大量采购商品，所以小型批发商的采购价格必定高于大型批发商。末期甚至发生了逆转现象，连超市的宣传价都比我们更便宜。就这样，我们的生意走到了尽头。

自然被市场淘汰，失去了存在的意义。

批发业衰落之时，泡沫经济却悄然兴起。

正当家业逐渐衰亡之时，父亲开始炒股并赢了不少钱。一开始的几年，他的股票投资非常成功——哦不，不仅是我父亲，那时每一个股民都有得赚。

可当不断膨胀的泡沫破灭时，盈亏瞬间倒转。为了挽回损失，父亲又投了钱进去，结果亏得更多了。

最后，因为我们是公司住宅一体化，所以我们既没了房产，又丢了工作，甚至还欠下了一屁股债。

由于家业破产，我们给很多客户带来了麻烦*。

俗话说："人穷志短。"如果没有钱，人的想法也会变得消极，不知道明天会怎么样，更不知道一年后、十年后会怎么样，只觉得满目疮痍。

当时我们一家人已经无法继续在那个町生活，于是逃也似的搬到了东京都葛饰区的立石**。

我不想把妻子也牵扯进这场破产风波，于是向她提出了离

---

* **给很多客户带来了麻烦**：我们向大客户（交易额高）的社长说明了情况，拜托他立刻将180万日元的商品货款打给我们，让我们能以之用于一部分的生活开支。确认到账时，我们都非常感谢那位社长的仁慈，同时也松了一口气，至少明天起暂时不用担心没饭吃了。之前我们几乎连今明两天买米的钱都拿不出来。

** **葛饰区的立石**：我们努力寻找更便宜的住处时，偶然发现这片住宅区有空置房源，于是便搬到了这里。这里位于市中心和农村的交界地带，居民以商业、手工业者为主，于我倒是很合适。

婚，让她回了娘家。

我的独生子*当时住在大学宿舍，所以并未目睹这场混乱，真是谢天谢地。

我要供儿子读大学，还要赡养年老的父母，所以必须赚钱。

但五十岁的我既没有特定的资格证书，也没有丰富的履历，因此除了开出租外别无选择。

我大致讲述了自己的经历，乘客同情地说："司机师傅，对不起啊，是我多嘴了。虽然可能会很辛苦，但请你加油哟！"上车时还活泼开朗的女士瞬间表情变得非常忧郁。

我也向她道了歉，很抱歉让她听我讲故事。

还有些乘客会刨根问底地询问我到底为什么转行开出租，或许是想用别人的不幸彰显自己的幸运吧。有一句俗语叫"坐轿子的人、抬轿子的人，还有做草鞋的人"，本意是指世上有各种各样的职业，但残酷的事实表明，不同职业的人的境遇也有差别。

我第一天的营收仅仅3万日元多一点。

下班把车还回公司后，事务员山田先生对我说："第一位客人是女性**是件好事啊，内田先生你运气不错哟。"

---

* **独生子**：当时我儿子正就读于茨城县的国立大学，住在宿舍。

** **第一位客人是女性**：相比男性客人，女性客人发生事故的概率更低，尤其是上了年纪的阿姨和弯腰驼背的老婆婆，大多不会有问题。但同时，她们的出行距离普遍较短，因此这类客人既有好处也有弊端。

他应该是在鼓励结束第一天工作后疲惫不堪的我吧，我虽然很累，但备受安慰。

某月某日

司机收入=销售额的60%：

各种“潜”规则

这个行业存在很多我之前不知道的规则。

比如我们的载客区域只限于“东京特别区*”，但如果是把乘客从东京都内送到都外后返程，则允许在其他地区搭载乘客返回都内。

此外，一辆车由两名司机交替驾驶。有时候如果前面的司机跑长途导致延迟还车，那么他的搭档**就只能在交接后立刻出发，连车辆引擎都完全没有休息时间。

我们将上班称为“当班”，基本上每个月要当班十二天。也许有人会觉得一个月只上十二天班非常轻松，但我们每次当班的时长为十八个小时，而普通人一天只工作八小时，相当于我们一次当班要完成普通人两天的工作量。

---

* **东京特别区**：东京23区及武藏野市、三鹰市。

** **搭档**：新司机入职后数月内并没有固定车辆，只有当天上班以后才知道开哪辆车。如果未发生事故或矛盾，则可以立即分配。一辆车由两名司机交替使用，我们将另一位司机称为“搭档”。

不过像我的话，在所谓的十八个小时*里，其实实际运营时间至多只有五到七个小时。跑空车属于无效劳动，既费时间又费燃料，所以只需提高实际运营率即可，但事实上这并不容易。

工作期间我们有固定的休息时间，机器会记录，所以必须按照规定休息。夜间生意能创造更大的营收，所以我们选择白天充分休息，晚上则在都内兜着圈子寻找客人，一天的行驶距离约为300公里。

一般情况下，我们是清晨出车，深夜还车。

还车后还有一系列工作要做，比如缴款、提交日报、更换座位罩布**、洗车，等等。

当天销售额的60%***归司机所有。

如果营收为5万日元，司机则能分到3万日元。每个月工作十二天，所以月收入是36万日元（因为还要减去税金等，到手的金额会更少）。但是每天赚5万日元的标准对我来说太难了。关于每日营收我们之后再说。

---

* **十八个小时**：所谓的十八个小时包含三小时休息时间，所以实际工作时间为十五小时。

** **更换座位罩布**：更换覆盖座位的白色罩布。如果没有很明显的污渍就两周换一次。洗车可以交给别人，但换罩布必须自己干，对于笨拙的我来说真的很难。

*** **销售额的60%**：每家出租车公司的比例多少会有些不同。再者，如果当天营业收入高，那么份额钱就多；如果低，则份额钱就少。当时，如果营收超过48000日元，则分成比例能达到63%，一些中小型公司的分成比例甚至能有65%，跳槽过去的人诱惑过我，“这里的份额高，你不来吗？”

赚取的份额直接关系到自己的收入，这种形式类似个体户。

另外，我们下班后必须把自己开的车清洗干净，而且基本采用手洗*，按照规定：一滴水也不能残留。

入职后不久，我洗完车后接班的司机提醒我“一开出去挡风玻璃就流水咯”。如果接下来开车的是自己，那还能偷懒，但一想到洗车后会立刻由别人使用就无法偷懒了。

但碰上冬天，万分疲惫地结束工作后，还要用冻僵的手在冰冷的水里洗车，真的很难忍受。这种时候，我就会把洗车的任务委托给专业人士。

我们公司旁边就有家洗车店，就像专门为出租车公司服务似的，仅在夜间营业。这家店只能容纳一辆出租车，深夜时会拉起卷帘门，几个年轻人一拥而上，利落地清洗车身、轮胎、挡风玻璃、车内等角角落落。只要五分钟就能完成整套流程，单次洗车费1000日元。

有时我营收还不错，就会请他们帮忙洗车，营收不佳时则连1000日元都舍不得花。

---

* **基本采用手洗**：公司旁边的加油站有洗车机，洗车价格为300日元。但是因为容易对车辆造成轻微损伤，所以我们公司原则上禁止使用。

某月某日

女司机：

我司的女性很刚强哟

我被分配到了足立区千住的营业所*，这里有五百多辆出租车，包括事务员在内约有一千名员工。

然而，司机之间如果没有集体活动或者合作，则很少有机会碰面。即便早上一起参加早会，但因为下班时间不同，所以就算同为正式员工，很多人也不过是点头之交。我见了面会亲密聊天的人大概有二十个。

营业所配备有休息室、食堂、浴池（大澡堂）。大家去浴池时似乎会自行携带浴桶、肥皂、洗发水等——说“似乎”是因为我一次也没去过，一方面是由于我家离营业所很近，更重要的是这些男人一整天都泡在汗水和灰尘里，我有些抵触和他们一起泡澡。

有一次，公司为了削减开支有意撤走澡堂里的浴池，仅设

---

* **足立区千住的营业所**：出租车公司及个体出租车的营业所均集中在足立区、葛饰区、江户川区等地价略低的地方。

置淋浴。

司机工会*立即对此提出强烈反对，诸如不考虑司机心情、淋浴无法解乏、冬天时仅淋浴会导致感冒，等等。于是这件事情被暂时搁置。

大家说得很有道理，坐在驾驶座上工作十八个小时后进入浴池（像我的话是家里的浴池）的放松感无可替代。

有些司机从栃木县通勤，我非常理解他们结束工作后想泡澡休息的心情。

我的同期中有三位女司机，其中前岛女士是一名四十多岁的单身妈妈，一边养育在读小学的儿子一边工作。虽然不知道她之前是做什么工作的，但我觉得她转行来开出租肯定是为了赚更多钱。

她提交日报**后，满脸忧郁地与我搭话："今天我在上野载了一个男人，路上他突然把脸凑过来，像是要探到副驾一样，然后对我说'要不你跟我走吧？'，我以正在工作为由拒绝了

---

* **司机工会**：公司里有两三个司机工会，入职时我被告知必须加入其中一个。也没有多想，我选择加入了离公司近的工会。我在工会里并不活跃，只是每个月支付几百日元的会费。

** **日报**：司机每天都需要提交当天的工作报告，记录乘客上下车的地点、时间、全程行车距离、实际运营距离、载客次数等。一开始是手写，后来可以根据当天的乘车记录自动生成，省了不少力。

他，但他之后还一直劝诱我……真的太讨厌了。”

前岛女士留着一头短发，看上去比实际年龄要年轻许多。事实上，女司机们经常会经历这种性骚扰。

想必前岛女士一直想向别人倾诉这种恶心的感觉吧，她告诉我：“那个让人恶心的色鬼！我想着反正他也不会坐第二次，所以让他下了车。”

虽然男女感受不同，但同为出租车司机，遇到这种事多少都会觉得很恶心。如果和同事互相分享，压力会略微得到纾解吧。

“下次在上野再碰到这个家伙，撞他！”

我鼓励前岛女士说。

“嗯，绝对要撞他，撞死他！”

她的眼神认真得不像在开玩笑。

事务员山田先生每天都和女司机们*有接触，他说：“咱们公司的女司机们虽然看上去文静，但其实都很刚强。”这是他的真实感受。

的确，如果一个人要通过这份工作维持生计，那就不会胆怯，也必定很有毅力吧。

---

* **女司机们**：女司机中有一位美女很受乘客欢迎，并且拥有固定的客人。有一天她无法上班，所以把某个工作委托给了我。那位乘客是她的固定客人，我的工作是去羽田机场接他然后把他送到位于目白的家。我在羽田机场接到那位男性客人后告诉他：“您好，我是今天的代班司机。”他看着我明显非常失望。

某月某日

新手司机：

让人厌烦

当乘客上车时，我会向乘客打招呼："您好，我是新手司机*，请多关照。"这句话既是一种辩解，也是给乘客打预防针，提前让乘客知道因为司机是新手，所以对道路不熟悉也情有可原。

乘客们的反应各不相同。

常见的有："啊？好吓人，你能开吗？"

这也没办法，如果我是乘客也会这么想吧，毕竟明明有那么多出租车，怎么我就偏偏挑了个新手司机，运气可真差！如果是个老司机就不用我指路，会顺利地把我送到目的地吧。

还有些客人会非常明显地表达不满："要命，怎么被我碰上

---

* **新手司机**：我刚开始开车的时候曾经有过这样的经历：当我告诉乘客我不认识他说的目的地时，乘客立刻下车了，但此时我已经启动了打表器，所以只能自掏腰包支付这单费用。之后我吸取这个教训，碰到这种情况时我会先问乘客："我不太清楚这个地方的具体位置，请问您需要换车吗？"如果乘客表示没关系我才打开打表器。

了个新手！”

出租车上并不会贴新手标签，只有上了车才会知道司机是不是新手，我也理解乘客的不满。但假如出租车上贴了新手标签，想必应该没人会坐吧？

入职约一个月后，有一天我上早班*时，发现事务员已经做好准备在等着我了，他给了我一张记有乘客姓名和地址的预约表**。

“木下先生住在祐天寺，请去他家里接他，然后把他送到新宿站。”

那个方向我完全不熟，但也只能硬着头皮去。

好不容易到祐天寺接到了木下先生，我想按计划走驹泽路前往新宿站，却不知怎的开往了驹泽奥林匹克公园方向。天哪，这和驹泽路是反方向啊！

我在半路上发现走错了路，于是立刻掉头往新宿站西口开。

木下先生非常着急，他说如果赶不上11点开往成田机场的巴士，就会错过航班。

他很焦急，我比他更急。我第一次碰到必须在几点前把客

* **早班**：早班的宿命就是一早到岗，领取记有预约客人姓名、地址、预约时间的纸张。

** **转交预约表**：他的脸上写着“既然是司机，理应知道”。作为新人的我并不能说“那个方向我不认识”。

人送到目的地的情况，可偏偏我还开反了方向。我已经做好了心理准备，万一客人没赶上巴士，那我只能自掏腰包直接把他送到成田机场。

我目不转睛地盯着红绿灯的变化，不断通过左右变道超车。

我全力飙车，车速快得几乎违反交规，最后终于勉强赶上。

这种事情如果频繁发生，可太叫人心力交瘁了，所以我希望自己能尽快熟悉都内的路线。

刚开始做出租车司机的那几个月，我会在休息日乘坐都巴士*到处转悠，顺便记忆路线。

只要是乘坐同一条都巴士线路，那么无论在哪一站下车，车费都是一样的，所以我一整天都坐在都巴士里，一边确认路线一边记忆。除了记忆锦糸町站前到东京站丸之内北口、北千住站前到驹込医院前等线路，我还会记哪条线路在何处与哪条马路交叉。因为无论坐到哪里车费都不变，所以我一路拿着地图看着窗外确认线路，安安心心地一直坐到终点站。我还曾从东京站南口坐到等等力溪谷附近。

起初我这么做是为了记住都内的路线，不过慢慢发现像这样兜圈子也挺有意思的。渐渐地，这些道路似乎也刻进了我的

---

* **都巴士**：都营巴士的俗称。如果有空座，我必定坐到最前面的位置，把自己当作司机记忆路线。

大脑。

我这么做固然是为了乘客，但更多是为我自己。仅仅熟记路线就能改变和乘客沟通与交流的方式，我也希望工作能做得开心些。

我想知道如果同行碰到乘客要求去不熟悉的目的地时会怎么处理，为此我还特地从那个地方打车试验。看上去是老手的前辈司机开的路线让我感叹“原来如此”，我也从中深深获益。虽然这是一笔不小的开销，但我把它当作自己的学费。

不过我也曾在想要确认陌生路线时碰到过新手司机。

“我是新人，请问您能帮忙指路吗？”

啊，果然是想咂舌的心情*。

---

* **想咂舌的心情**：我私下乘坐出租车的时候曾经发生过这样的情况，我告诉司机“去东京站”，结果司机问我：“请问要怎么走？”这种心情确实很糟糕。

某月某日

专业人士：

你让我这个乘客来指路？！

我通过这样的方式记忆都内道路时曾经发生过一件事，当时我像往常一样在JR上野站前的欢乐街揽客。

大概是晚上11点，四五个女人目送一个五十岁左右的男人从混居大楼出来，其中一个女招待跑过来对我说：“请送这位先生去石神井*。”

石神井……我不知道从这里该怎么去。

但是我觉得只要询问乘客即可，于是便让乘客上了车——可我想得太简单了。

当这名男性上车时我开口问道：

“非常抱歉，我是新手司机所以不认识路，可以麻烦您告诉我该怎么走吗？”

他明明适才还在讨好地与女招待们说笑，这会儿瞬间变了

---

* **石神井**：位于练马区西南部，沿西武池袋线可到。事后我专门到这个地方去记过这条线路——从石神井公园经石神井川走到丰岛园。

表情。

“什么？你的意思是让我一路给你指路*？”

“不是的，只是这样的话不会走错路，所以您如果能帮忙指路那就最好了……”

“你在说什么？你才是专业的吧！既然你是专业的，你完成客人的需求不是应该的吗？”

他都这么说了我也没办法，只能往大概的方向开。

于是这名男性便在车里开始了说教。

“即便如此，你们公司让你这种连路都不认识的人来开出租车，真是不可原谅啊！我不是针对你个人，而是针对你们社长，竟然让你这样的人来开出租车。”

其实他说的的确在理，但我觉得很丢脸。

开了大概四十五分钟，谷原加气站**忽然闯入了我的眼帘。

没开错！——我松了口气。目白路沿线的谷原加气站的球形储气罐对司机来说是非常醒目的标志。

于是，这名男性乘客或许觉得此处就是争议的最佳妥协点，一边说着“托你的福，我这个醉汉都醒了”，一边终于开始指路。

---

* **指路**：我入职时还没有车载导航，几年后才有。虽然老司机都觉得“精确度太差，一点都不好用”，但于我而言却是帮了大忙。

** **谷原加气站**：东京天然气练马压缩所的加气站。练马的标志性建筑物。

安全抵达他位于石神井的家以后，我向他道歉："很抱歉，车费您就不用付了。"

"虽然比平时贵了点，但一码归一码，车费还是得付。"

他虽然不太高兴，但还是利落地付钱然后下了车。

我觉得我不能让这件事情就这样结束，于是也下车从后面追上了他。

"对不起，您本来非常高兴，但因为我的问题让您不愉快了，非常抱歉！"

他看着我的脸说：

"你好像是真的不认识这条路*。我本来还以为你是装作不认识然后故意绕远路。你这个年纪才开始干司机，一定有你的原因吧？我呢，喝了酒可能说话也有点过分。今后的日子或许也不容易，但还是请你加油！"

然后他拉过我的手与我握了握。

我被他出乎意料的言行搞得不知所措。

但我切实地感受到，如果带着诚意去处理问题，也有人会表示理解，世上并不全是坏人。于是我比平时更开心地下了班。

我对继续干这份工作产生了一些自信。

---

* **不认识这条路**：有位前辈以前是卡车司机，他曾夸口说："关东地区就没有我不认识的地方。就算没有地图，我也哪儿都能去。"他常常对我说："做这门生意呢，至少把路都记熟，总归没什么坏处。"

某月某日

优等生们：

老狐狸的教诲

每个月，营业所都会在走廊上实名制张贴全体司机的成绩表*（销售额及排名）。

在意自己的排名是人之常情。每个人当然知道自己的销售额（营收），但也想知道平均值以及自己的排名，所以成绩表一贴出来我就会立刻去确认。

如果位于平均值以上，那我就会松一口气——还好没拖公司后腿！如果位于平均值以下，那我就会很低落。综合来说，我的成绩徘徊于平均值上下。

与此同时，我也会关注同事们的排名。虽然同事的排名比我高或者比我低对我的工资并没有影响，但心里还是会因为“赢了”“输了”而或喜或忧。

一般来说，上位圈和下位圈的人几乎不会有变化。

---

* **成绩表**：将约一千名司机的姓名和当月营收额张榜公示，为期一个月。几年以后，我已经能从当月营收额预估我的名字会出现在那张大榜的哪一块区域。

因为司机多达千余名，所以我只看名字就能想起脸的人非常少。不过我对梶间先生倒是印象很深刻，他是个胖胖的光头，排名总位于上位圈。

梶间先生大约七十岁，总是眯缝着眼睛，鼻子也是塌塌的，就像拳击手似的。

他大概只有一米五高，这种条件居然也能通过司机考核欸——我有些失礼地想。

早会时，梶间先生总是站在第一排，因为这样才能在早会结束后最先拿到驾驶证，而没有驾驶证就没法上班，如果磨磨蹭蹭很晚才上班，那就只能在院里排队等待。五百辆出租车中，大约五十辆会同时出车，所以一旦错过第一批，就要浪费约三十分钟等待。因此，梶间先生站在早会第一排是为了防止不必要的时间浪费。

不过，虽然他站在最显眼的第一排，但晨间问好、复述社训等一概不做。他只是面向旁边站着，不出声。这种态度几乎要令人惊呼：竟然干这种蠢事吗？

如果是其他人，那毫无疑问会被事务员注意到。

但梶间先生不同，他的销售成绩非常优秀，而且又是营业所的老狐狸，所以事务员都是睁一只眼闭一只眼。

在闲聊中，梶间先生教了我一些工作技巧。

“首先你要有自己最熟悉的区域，并且要达到精通的程度。然后以那块区域为起点，记住东南西北哪条路最好，那你万事都可以冷静应对。”

梶间先生教了我很多。

还有，比如要抢在所有人前面前往你觉得可能有客人的地方。当然，他自己一定也在遵守这个原则，就像前面说的早会一样。

哪里是“有客人的地方”？上午是中心区域*，白天是住宅区，晚上是闹市。他还教我寻找客人时时间和地点要分开考虑，这一点很重要。

有一条铁律是“不要跟在空车后面”，如果因为红绿灯不得已如此，那就立刻变道。

他还教我一个如何在有深夜津贴的时段提效增收的诀窍，出租车业内称之为“蓝灯**”。

梶间先生说的是江户腔，非常直白，但这种直白绝不是摆架子，也不是奇怪的自傲，所以他的建议很让人听得进去。我在心里默默地尊敬着他。

---

* **中心区域**：千代田区、港区、中央区的商业街。我大多会往大手町附近开。

** **蓝灯**：产生津贴时，打表器的显示屏会变成蓝色，所以有了这个名字。东京的出租车在22点到次日5点之间的七个小时会产生深夜津贴，该时段的车费会增加20%。

花岗先生也是上位圈的常客，不过他是个远超一米八的大高个*，和梶间先生形成了鲜明对比。

他虽然爱闲聊，却不愿意教我工作诀窍。

接下来我们来说说花岗先生在哪里以及怎样工作才能获得这么高的营收。

他去的是大家都会去的锦糸町，也和大家一样地等待客人。

虽然他自己没说，但我从别人那里了解到花岗先生有几位固定的老客户，还有很多专属的长途客人。

据说乘客坐了几次车后就非常信任他，喜欢坐他的车，所以决定跳过公司直接和他通过手机联系。

当客人打电话跟他说“几点到哪里接我”以后，他便会优先接待这些客人，从而构建起客户关系，积累信任。花岗先生会让乘客放心地抵达目的地，因此乘客也非常信赖他。他们之间是双赢的关系**。

我也曾偶然中两次送过同一位客人从新宿到神奈川的茅崎。

* **远超一米八的大高个**：当大块头的花岗先生坐在驾驶座时，还显不出他块头有多大。听说曾经有一次，有乘客找他碴，“你小子给我下来！”但花岗先生下了车以后，乘客却被他的块头吓到，之前的气势瞬间烟消云散，一边嘟嘟囔囔地辩解，一边自己乖乖回到了车里。

** **双赢的关系**：花岗先生构建了非常好的模式，即便自己不当班时也会有代理司机，不会拒绝客人的委托。

第二次送他时，我发现和上次是同一位客人，于是在他刚准备指路时就抢先说了路线。

乘客非常惊讶。

“啊，我之前是不是也坐过你的车？居然这么巧，那我就睡觉了，到了叫我啊。”

他只说了这么一句，后座随即传来了鼾声。

把他顺利送到家以后，他在付钱时对我说：

“谢谢你，要不给我一张你的名片吧？坐你的车我能省去解释的时间，挺好的。”

从新宿到茅崎的营收为两万日元左右。

我开出租后大约一年的时间里，单辆车的每日营收都只有3万日元左右，讨厌的事务员把我们几个新人称为“难兄难弟*”，借此揶揄我们。

第二年后，尽管我做了不少努力，每日营收略有提高，但在公司里还是徘徊在平均线——4到5万元上下，绝对不是值得骄傲的数字。当时我的目标是上一次班完成5万日元的营收。

如果这位乘客能变成我的常客，那我送他一次就能完成营收目标的四成，占比很大啊！

---

* **难兄难弟**：假设营收为3万日元，那我到手约为18000日元。如果一个月上十二次班，那就是216000日元。五十多岁的男性月收入只有这个数，不得不说非常低了。

我非常激动，终于收获了第一位大客户！且不说每周一次，就算每个月一次也很难得。于是我郑重地将我的名片递给了他。

但是在那之后，那位乘客并没有联系过我，我也再未见过他。

也许和乘客建立联系这件事还是需要恰当的时机和足够的综合能力吧。

某月某日

随心臆想：

可为＆不可为

乘车时，乘客会告知目的地。

然后我会问：“好的，请问要走哪条路？”

经验教会我，即便乘客说“听司机师傅的”，也要告知乘客前往目的地的行驶路线，待乘客确认没问题后再开车。

三月下旬，我在东京站丸之内出口接了一位身穿西装的客人。他看上去六十多岁，对我说“去半藏门”，于是我理所当然地往樱田门方向开。

一般来说，我开车前会和客人确认路线方向。

但从丸之内方向到半藏门的路线是面向皇居左拐，这是常识。这位男性看上去也对这一带了如指掌。我觉得问他的话，他可能反而会说“这种毫无疑问的事情就别问我了”，于是我就直接开了车。

客人中途发出了“啊”的声音。不过我没在意，觉得他或许是因为其他事情才发出了惊叹。那之后，他在车里一声不吭。

抵达半藏门的T字路附近后，乘客边付钱边苦笑着嘟囔：

“我本来是想往反方向走的。”

这回轮到我惊叹了——“啊？”

这时我才反应过来，这段时间，千鸟渊[2]的樱花开得正好。内堀大道上千鸟渊的樱花盛放，所形成的樱花隧道是绝佳的景色*，客人一定很想欣赏。

我向客人道歉：“非常抱歉！”

“没事，算了。是我的错，我没跟你说清楚，我不说你也不知道呀。”

他说着然后付钱下了车。

我还从胜哄载过一位女性乘客，她告诉我“去新桥”，但出发后她又说：“请按我说的路线开，往那条路走。”

可她指的路明显在绕路。

我发现了这一点，于是问她：“不从晴海大道走的话会绕路，您没关系吗？”

“嗯，没关系。我离开店里之前就决定要走这边这条路，因为往这里走运气会变好哟，很吉利！”

---

* **樱花隧道是绝佳的景色**：除此之外，从首都高速公路彩虹大桥上、在夜晚东京塔亮灯之时都可以观赏到绝美的花景，以及隅田川沿岸模糊可见的樱花等，可谓细碎的喜悦。

因此我明白了一个道理，当前往某地时，距离最短的路线并不一定是最优选择。有些乘客会有自己的偏好，凡事都不能仅凭个人主观臆断就轻易下结论*。

此外，出租车司机原则上不能参与乘客的对话。

以前我和朋友去大宫旅行时，在出租车里看到马路上挤满了人，觉得非常不可思议，于是我问坐在我旁边的朋友："怎么这么多人呀？"司机立刻回答道："在举行大汤祭**呢。"

诚然，司机是出于好心才回答我们，但明明可以当没听到却去回答的行为会显得有些多管闲事，因此我非常注意***这一点。

有一次我在四谷接了两位客人，他们上车后在后座聊天。

"刚才的店员是不是很像那个谁？那个歌手，哎呀就是出演过红白歌会的那个！"

"啊？谁啊？"

---

* **不能仅凭个人主观臆断就轻易下结论**：有位乘客从神田须田町上了车，只告诉我去"TAMEIKE"，我觉得他说的是赤坂的溜池，于是我问道："请问是溜池的十字路口附近吗？"但乘客没有回答，只是在抵达溜池后径直下了车。几分钟后我接到了公司打来的电话，似乎是刚才那位客人投诉了，客人说："我明明说的是TAIMEIKEN（日本桥的餐厅），但司机把我送到了不认识的地方让我下车。"可他至少可以告诉我是"去吃午饭"或者"在日本桥"啊！

** **大汤祭**：每年12月10日在埼玉市大宫区冰川神社举行的活动，期间会举办名为"十日市"的酉市。

*** **注意**：这份工作的日常就是不深入交谈，尤其是政治、宗教等话题，不谈论自己的主张，迎合对方即可，这样对方就不知道司机是什么看法。如果礼貌地谈论不存在不良影响的事情，那就不会发生任何问题。

“就是那个唱《淡蓝色的书信》的女的啊。”

我立刻听出来他们说的是阿部静江，但我不能参与客人的谈话。

“那个歌手大概几岁？”

“六十岁左右，还演过电视剧。”

他们一直在猜测——是这个人吗？是那个人吗？……强烈的冲动驱使着我告诉他们是谁，哪怕只是说个名字，但我拼命忍住了。

后来其中一位男性乘客问我：“司机师傅，你知道是谁吗？”

“我不是故意听两位谈话，不过你们说的应该是阿部静江。”我答道。

两人恍然大悟，说着“是啊是啊”“对对对”。我也倍感畅快，仿佛终于把堵在嗓子眼儿的东西吐了出来。

某月某日

那条道上的人：

“你在这儿等我，不准跑啊！”

晚上11点多，浅草的小胡同里有人举手示意打车，那人看上去明显是“那条道上”的人，用现在的话来说就是“反社会”。

我本想装作没看到直接开过去，但我完美地与他四目相对了，这下我避无可避。

于是我停下来，让他上了车。我和往常一样礼貌地接待客人*。

这位乘客的目的地是附近的一家俱乐部，连起步价都不到。

抵达后他看了看我的驾驶证说：

“我去去就回，你在这儿等我，不准跑啊！我可记住你的公司和名字了。”

---

* **礼貌地接待客人**：我认为，出租车司机作为专业人士，和普通人不同的地方不仅在于更熟练掌握驾驶技术和详细的地理知识，更重要的是用心服务。我也曾经通过问好的方式平息了想要抱怨的乘客的怒火。因此，对司机而言，礼貌地接待乘客也是一种自我保护的方式。

我猜想以前应该也有出租车司机因为不想和这帮人产生联系，所以无视他们等待的要求，连车费都不要便直接逃走的情况。

如果只是几百日元车费的事儿，我也想直接跑，不要钱了。但他都这么说了，我也跑不掉了。

我关上了打表器等他回来。乘客走进了眼前的混居大楼——他该不会就这么跑了吧？但想到他刚才说的话，我反倒希望他跑了！

事实证明期待是没有意义的，大概三十分钟后他重新上了车。

“去上野。”

他用吓人的声音指示道。

车向着上野方向行驶，直到经过上野站前乘客都一言不发。我正想着这到底是怎么回事儿，他突然怒吼道：“那边！右拐！”我赶忙一个急刹车拐进了上野仲町路。

众所周知，晚上的上野仲町路*人满为患，汽车根本开不进去。

我在一片人山人海中缓慢行驶，车速几乎与人步行的速度相同。路过的人脸上全写着“为什么把出租车开到这儿

* **上野仲町路**：白天是普通的餐饮街，到了夜晚就摇身一变成为欢乐街，街上的风俗店闪烁着霓虹灯，招揽客人的小哥们聚集在一起。

来啊？！”

我在心里反复辩解，“又不是我想开进来，客人要求的啊，我也没办法。”

“就停那儿。”

乘客又指挥我停在某栋混住大楼前，紧接着说“在这儿等我”，说完就消失在了大楼里。

我的车停在窄窄的小路上，我看到来来往往的人们脸上都流露出厌烦的神色，好像在说：“真碍事儿！”甚至我还听到有人说：“别把车停在这种地方啊！”真是如坐针毡呐。

大约十五分钟后，乘客再次返回。

“不管发生什么事你都不准动。这里是老子的地盘，如果有什么麻烦，你来找我就行，我就在那家店里。”说完他马上又进了旁边一栋混居大楼。

我停在那儿真的如芒刺在背，一想到之后他还要让我送他到其他地方去，我就更郁闷了。在此期间，打表器上显示的费用一直在上升，我也不知道他是否能支付这笔钱。

又过了十分钟，他回来了，但这次他没有上车，而是说“抱歉，不用等我了”，然后给了我一张5000日元的纸币——车费是3900日元。“不用找了。”他说。

一想到终于解放了，我心底松了一口气。

虽然我不想遇到这种客人，但“那条道上的人”也不全是坏人*。

有位“那条道上的人”在御徒町上了车，说要去东京站，行驶途中他一直在打电话，电话那头好像是和组织相关的人。

抵达目的地后，乘客给我看了他残缺的小拇指，然后开玩笑说：“司机师傅，我这残疾人士能打个九折吧？”大笑过后他便放下2000日元，让我不用找零然后下了车。

* **不全是坏人**：就算让人觉得是“那条道上的人”的乘客，大多也只是安分地坐车。有位看上去像是“那条道上”的威严老绅士在下车时说了一句“请努力赚钱吧”，就令我相当震撼。

某月某日

称赞之语：

“只有起步价，可以去吗？”

入职后第三年，事务员山田先生联系我说：

“有一辆黑车空出来了。内田先生，你可以开吗？”

这个提议完全出乎我的意料。

所谓“黑车”就是车身颜色为黑色的出租车。有别于黄色、绿色等相对华丽的车子，黑色的外观一看就很高级。

黑车的等级高于普通出租车，而且内部装饰更加精致，乘坐更舒适，司机也会提供品质更高的服务，总的来说就是更高级的出租车*。

负责开黑车的司机必须是优秀司机，要拥有丰富的社会阅历，并且精通路线状况，在待客方面也要备受好评。

我虽然非常用心地礼貌待客，但对都内很多地方都还不熟

---

* **更高级的出租车**：黑车和包租车不同。包租车完全采用预约制，不沿街揽客。两者的收费模式也不一样，包租车不适用于打表制度，计费时间为司机上班到下班。黑车则是出租车的一种，费用与普通的出租车相差无几。

悉，也缺乏作为司机的自信。

但由于黑车象征着高端，所以有些餐厅会特地指定要黑车，也有些人只喜欢乘坐黑车，如此一来，营业范围必定更广。

山田先生推荐我做黑车司机，我也不想辜负他。

于是在开出租的第三年，我在毫无自信的情况下成了黑车司机*。

午后，有位女性客人从大手町上了车，她告知目的地前开口问道：

“只有起步价，可以去吗？”

当然可以，起步价客人在白天的商业街并不少见。

“以前我打车只有起步价的时候碰到过司机冲我抱怨‘这么近的地方还打什么车’，好吓人，所以我想着黑车的话因为服务比较好，司机应该不会骂我。”

其实都内的出租车司机大多不会因为白天接到只有起步价的单子而出言抱怨，她应该只是运气不太好，恰好碰上了奇怪的司机。

所以我开玩笑地对这位女性客人说：“真是抱歉啊，您遇见

---

* **黑车司机**：结果直到离职前我都一直在做黑车司机。然而，每当我想到可能会有人质疑：“你作为一个黑车司机却连路都不认识吗？”，我就觉得很可怕。于是我一直徘徊在自己熟悉的上野附近，可我又担心这样做会降低增加营收的可能性。

了奇怪的司机。如果您比较在意只有起步价的话，我建议您直接在路上拦车，比起选择停在原地等客的出租车，直接拦车相对不太会遇到这种司机。如果等在车站接错过末班电车的客人，但又只有起步价的话，我也会觉得沮丧的啦。”

待这位乘客下车之后，我把车停在了家庭餐厅门口，这会儿已经过了用餐高峰。午餐要吃饱！我点了鳗鱼饭——鳗鱼，好久不见啦！

鳗鱼饭端上桌后我揭开碗盖，却发现鳗鱼放反了——鱼皮朝上。估计装盘的是外国打工仔*，不了解日本的饮食习惯。

其实这么吃也没关系，但之后如果其他客人碰到这种违反常识的情况或许会不高兴，于是我叫来店长指出了这件事。

店长向我道了歉。

后来我自己把鳗鱼翻了面，但味道不怎么样，有点像水煮鱼肉，和鳗鱼应有的美味相差甚远。唉，不应该在家庭餐厅点鳗鱼啊！

不到三十分钟的午餐时间结束以后，我又投入到了下午的工作中。

---

* **外国打工仔**：我听到两位从上野上车的乘客笑着谈论：“如果在菲律宾酒吧打烊前点炒面吃，他们会直接把UFO杯装炒面端上桌哟！”我觉得能感受到不同的文化真好。

结账时我还有点小期待，店长会不会出来说“给您免单”？

店长亲自负责收银，餐费一分不少。

我从早上7点开始上班，一直工作到深夜1点。这一天我一共载了十五位客人，营收刚过4万日元。我本想着再坚持一会儿，但转念一想：唉，算了，就这样吧！

交完营收*以后，事务员山田先生对我说：

“你在大手町搭载的女性乘客打来了感谢电话，请我转告你‘待客非常温柔，让人心情很好’。很少有人会特地打电话来感谢，你做得很不错啊！”

那位女性客人似乎是特地按照收据上的电话号码打来了电话。她的愉悦心情令我很高兴，她表达的感谢对我而言是意料之外的赞美。

其实，只要把自己的心意认真地传达给了对方，有无反馈并不重要。

---

* **营收**：听说以前是司机把现金直接交给事务员，然后事务员会边舔手指边数钱，不过我入职时已改用自动收款机，只要把现金投进去便会自动生成收据，把收据交给事务员即可。

某月某日

忍着不上厕所：

“尿频”逃脱术

我刚开始开出租时，曾经有段时间老是跑厕所。

因为当乘客上车以后，司机就不能上厕所，或许是这种压力导致了尿频，明明刚刚才去过厕所，马上又想去了。

就算觉得能忍，但还是很想去，可真的去了又发现尿量并不多。就是控制不住地想去啊，没办法。

如果我开车时想解手，就会寻找公园等有厕所的地方，并将显示牌状态切换为“回场”。所以就算这时遇到要打车的客人也接不了单，便会导致营收下降。

我很发愁，认真地想了想要不要干脆穿成人纸尿裤。

晚上10点多我又想跑厕所，但就在我开往有厕所的锦糸公园途中，京叶公路旁有客人举起了手。

我本想无视他直接开过去，但发现我不小心忘记了切换“回场”的字样。没办法，我一边想着完蛋了，一边让乘客上了车。

他的目的地是町田市，一般情况下车程一个多小时。

我的直觉告诉我：不行，我忍不到那里。

没办法，虽然很难为情，但我只能诚实地告诉客人现下的情况，请求他允许我先去上厕所，可我想着想着就从锦糸町入口进入了首都高速，又从稻城高速出入口下了高速。

但是，下了高速后到町田的路线我却没有把握。

从地图上看，町田市就是嵌入神奈川县的“东京”。我一边在大脑里拼命地回忆地图，一边对照眼前的风景，特别小心避免开错。就这样，忙着注意路况的我不知不觉间忘记了我原本想去趟厕所。

当顺利抵达目的地后客人下车时，猛烈的尿意瞬间向我袭来。

于是，在寂静的深夜零点，确认周围没有人迹以后，我跑进了町田市的田地里“一泻千里”。

从锦糸町到町田的营收为两万日元，加上这部分营收，我当天的总收入已经超过了目标5万日元，再花一个小时原路返回就可以轻松下班了。我站在田间仰望夜空，看到满天繁星闪烁。

或许是这次经历之后，我非常担心的尿频问题不知何时就突然治好了。

译者注

1 路侧带：城市道路行车道两侧的人行道、绿带和公用设施带等的统称。

2 千鸟渊：日本皇宫的护城河之一，以一条长约700米的千鸟渊樱道而闻名日本。

第二章

司机与乘客

某月某日

对手们：

揽客还是等客？

出租车司机的一天从早晨点名开始。

然后是朗读社训、事务员通知当天的活动消息*以及通报前一天发生的事故和违规案例。

随后，从早晨到中午每隔大约一小时就有四十到五十辆出租车接连出发。公司一共有五百多辆出租车，如果一起出车会极度混乱，所以我们实行轮班制：共有A到E五个班次，“A班次”从早上7点开始，往后每隔一个小时则下一班次出发。

“A班次”的司机为了吃午饭再回到公司时，“E班次”的司机却还在吃饭，而且吃的是他们的早饭。

某种程度上，出车时间由本人决定。我因为想早上班早下班，所以选择了最早的“A班次”，而且一旦确定就基本不会再

---

* **活动消息**：事务员会将活动内容和举办时间等信息告知全体司机，以帮助司机提高销售额，比如位于有名的东京Big Sight国际展示中心将举办玩具展、神宫球场将举行养乐多对战阪神的比赛，等等。不过我几乎不参考这些信息。

更改。

到了下午，营业所的五百辆出租车会全体出动。

如果当天有人因为身体不适突然请假，事务员就会联系其他休假的司机，让他们来顶班。我也碰到过几次临时被叫来顶班*的情况。公司不会让任何一辆车闲着。

上班时我们会把塑料名牌翻过来——这样就变成了“当班”状态，然后在准备好从10日元硬币到5000日元纸币的零钱后进行车辆检查。

车辆检查包括确认当天使用的车子的轮胎、燃料、冷却液等的状况是否过关。最基本的一项就是液化石油气要加满再还车。

上班前，事务员山田先生会和我们道别，每次说的还不太一样。

有时候他会说：“今天也要努力被骂哟！”然后笑着送我们上班。

如果把挨乘客批评当成一件理所当然的事情，那么心情就会变得非常轻松。

一旦上班，去哪里就是司机的自由。

所以我们最大的对手其实是公司同事。

---

* **顶班**：休息天有时会接到公司打来的电话，只要当时有空我就会答应。因为如果给事务员面子，当我自己没空时，就能请他们行个方便。

在我当司机的那个年代，通过车载电台抢单直接关系到营收。因为这种方式比串街揽客更能确保客源，而且接到中长途乘客的概率很高。

如果有乘客提出需要调配车辆，电台室就会同时通知每一辆车，最先发回“收到”的司机则抢单成功，然后便可开往乘客所在之处。

例如，电台室发来消息：“日本桥前、五分。”意思是能否在五分钟之内赶到日本桥水果店千疋屋门口。

如果无人响应，那么抵达时间就会延长到“十分钟”。

一般来说，只有能在要求时间内赶到目的地的司机才会按下“收到”按钮，但也有些为营收苦恼的莽撞之徒乱哄哄地抢单，而电台室并不知道接单的司机当时身在何处。

因为电台室会告知客人大致的抵达时间，不能过度超时，所以这些司机会不惜超速、闯红灯，以求以最快的速度赶到目的地。

就我而言，如果当时所处的位置使我肯定赶不过去，那我必定不会按下“收到”按钮，我并没有为增收而冒险的精神。

还有些人会专门在容易接收到无线电波以及周围没有高楼等遮挡物的宽阔高地等待电台通知。有位同事说：“比起串街揽客，直接等待接单*更好吧？毕竟串街的话，你并不知道是否会有乘客。我不是追逐猎物的虎鲸，而是等待猎物自己送上门的鮟鱇。”

这种比喻很好理解，又令人费解。

如今，公司通过GPS管理和掌握所有车辆的所在位置，可以直接联系距离乘客最近的出租车。因此鮟鱇战法已经不再奏效了。

---

* **等待接单**：某天晚上有一个接送单子，需要五辆车，我也作为其中一辆开了过去。但途中我又接到电台通知，被告知“1583（我的车牌号）取消派车”。这比平时的取消派单更令我沮丧。

某月某日

同班同学：

为什么不搭话？

有一天我送乘客去足立区某医院。乘客下车后，我看到医院门口有四五辆出租车排着队等接客。难得来这个地方，于是我也排到了后面。

几分钟后，从排在我后面的车上下来一个司机，跑过来对我说：

“像你这种开大公司车的也不用来这种地方吧*！你跑市中心去啊你！”

在医院这种乘车点等客人时，无论大型公司的车、中小型公司的车或个体车，都没有什么区别。

我本想怼回去——没有任何一个地方贴出告示说不允许大型公司的车接客啊！但考虑到和同行发生冲突会很麻烦，于是

* **像你这种开大公司车的也不用来这种地方吧**：市中心有各出租车公司的专用乘车点，也有些乘客只喜欢坐大公司的车，所以大公司的出租车比中小型公司的出租车接到客人的概率更大。

我沉默地离开了。

各地有各地的规矩。

第一次去JR上野站正门的出租车候客区时，因为是大姑娘上轿——头一回，所以不知道怎么排队，于是我非常困惑地请教了同行。

“打双闪的车子排在最末尾，所以它亮着屁股灯，一直到出现下一辆车之前都不会熄灭，等到其他车成了队尾，这辆车才会熄掉忽亮忽灭的双闪。”

一位看起来和我年纪差不多的男司机非常细心地告诉了我规则。即便几辆车并排停在一起，这样的规则也很容易理解。

那之后，我便经常去那个车站。

但是，当我在那里边等客人边观察司机们时，却看到了很多不礼貌的场景，譬如把烟蒂扔在马路上，或者在角落里偷偷解手。

2000年我开始跑出租时，车内吸烟是司空见惯的事情*，空车时司机也会满不在乎地吸烟。也有司机会在发现沿街有客人时慌慌张张地把烟蒂扔到窗外，正因为如此，人们常常会觉得“因为是出租车司机，所以没办法”。

---

* **车内吸烟是司空见惯的事情**：2003年5月实行健康增进法，出租车行业作为“非特定多数人使用的公共交通”，司机有义务做到被动禁烟。

看到他们的行为，我越来越觉得身为业内人士，我感到羞耻。与此同时，我下定决心，不论我在这个行业干多少年，至少我自己不会做那样的事情。

提起上野站的出租车候客区*，我有着无法忘怀的回忆。

我在那里等客时发现了一个老朋友，几个月前我们刚刚在小学同学会上碰过面，他在另一家出租车公司当司机。

他直接上了车，看上去并没有注意到我。我启动了出租车，尽可能不让他发现我。

他是我小学时代关系很好的朋友，在同学会上重逢时我们并没有谈及彼此的工作。想不到当年在埼玉县那个小小的乡村念书的两个小学生，长大后在东京重逢时都成了出租车司机。

为什么我没有叫他呢？因为我想就算叫了他，他大概也不会觉得高兴吧。

那天，我闷闷不乐了好一阵子**，为什么我没能叫他呢？

---

* **出租车候客区**：司机们经常会在这里闲聊。相熟的同行们会从车上下来互发牢骚，比如“不行啊，等了四十分钟才等来了个起步价”“我也不怎么样，碰到个奇怪的乘客”等，从而缓解压力。

** **闷闷不乐了好一阵子**：我一直记得他，其实退休以后我在同学录里找过他的地址，还去过他家找他。但他已经从那里搬走，他工作的出租车公司也已经停业。从那以后我就再也没见过他。

某月某日

赔本生意：

醉汉的尖叫

原则上来说，出租车司机可以拒绝无法自主站立和说话的烂醉者乘车。

如果上车之前就醉得连话都说不了，那之后会发生什么显而易见。作为司机也想尽可能地避免这种麻烦事儿*。

有一次，两个警察拜托我把横躺在派出所门口的醉汉送回家——“你能把他送回家吗？他看上去应该带钱了。”

虽然是警察，但他们无法解决在派出所门口不省人事的人，满脸流露出难办的神色，仿佛在说：“把这个麻烦精从这儿带走。”但这不是车费的问题，如果把这个醉汉带回车里，我铁定

* **麻烦事儿**：幸运的是，我十五年的出租车司机生涯中一次也没碰到过客人在车上呕吐的情况。曾经有一次，我打开车门时客人正在吐，但这时后面刚好来了公交车，于是我慌忙把车开走了，好险！

要做赔本生意*。

我表示拒绝："让他在派出所睡一晚，明天清醒以后再送他回家吧。"喝醉的客人对任何人来说都是麻烦精。

有一位从日本桥上车的客人已经脚步踉跄，领带也莫名沾染了脏污，湿湿的，连颜色都变了。虽然我觉得似乎有些麻烦，但这也是他上车以后的马后炮了。

我询问了目的地，客人说到自由之丘。

他说完这句话后便倒头大睡。

安静睡觉的客人很难得，我觉得这趟车大概就会一直这么顺利吧，但抵达目的地时出了问题。

到达指定地点后，客人支付了车费，接着我把找零和发票**递给了他。

我看着他把零钱和发票都放进了钱包，结果他打开车门以后说："师傅，发票。"

我刚刚明明确认过他把发票和零钱一起放进了钱包。

---

* **赔本生意**：如果乘客在车里吐了，由于独特的酒臭味很难消除，出租车将无法再继续接客。我有同事因此支付了1万多日元的"清扫费用"。因为司机不能强制征收这项费用，所以对于舍不得花钱的客人，只能向他们说明这样的情况无法再继续工作，争取他们的理解。

** **发票**：有时会有客人问："有没有多余的发票？"他们应该是想拿发票给公司报销，换点零花钱。了解了这一点后，我开始把客人不需要的发票保留下来，送给那些需要的人。如此一来客人就会很开心。这也是乘客服务的一环。

“刚才我已经给您了。”

“没有，我没拿到。把发票给我！”

就算我告诉他已经给过他，他还是一味坚持：“我没拿到！把发票给我！”我向他解释，因为我已经把打表器归零，所以无法重新打印，但这样的说辞依然行不通。我们不断重复着“给您了”“没给”的对话，就这样，客人渐渐兴奋起来，怒声也越来越大。

“把发票给我！”

深夜，开着门的出租车中传来高声争吵，这样的场景引来不少人走出家门围观。尽管周围的人都看着，但或许是因为醉酒的缘故，乘客的怒吼声依旧没有停止。

“发票！发票！！”

他几乎是在尖叫。

围观的人们出于担心建议我：“司机师傅，可能报警会比较好啊。”

尽管我多少已经习惯应对喝醉的客人，但因为这次扰了民，所以我打了110报警。日本出警速度很快，十几分钟后几位警察便赶到了现场。

警察出现后，这位乘客的态度瞬间来了个一百八十度大转弯。他不再大声说话，而是温顺地开始和警察解释情况。警察制服果然有威慑力啊。

客人轻轻松松就被警察劝服，步履踉跄地回了家。

“他把车费都给你了吧？那就行。不过也算是碰上了一场灾难啊，辛苦你了。”

警察的话语给了我安慰。

某月某日

来自同居母亲的提问：

“你幸福吗？”

半夜结束工作后，我常常选择走路回家*。从公司所在的千住到我家所在的葛饰立石，步行大约需要四十分钟。因为我一整天都坐着，所以走路也算是一种转换心情的方式，这会让我感到放松，同时也有利于健康。

我在凌晨时到家，泡完澡后睡觉。上午充分补觉，下午去散步——这是我每逢休息必做的事。

工作时，我需要一边开车一边继续寻找客人，有客人上车则前往目的地。行驶过程中，我既要满足客人的要求，又要关注四面八方的车辆，必须在紧张的状态下长时间握着方向盘。所以休息天**我真的不想再看到方向盘。

我在休息天走了一万步。

---

* **走路回家**：凌晨3点多，我走路回家的途中被一个喝得烂醉的年轻人缠住。幸好碰巧有警察经过，没发生什么事，但我下班以后还碰到醉汉也太惨了。

** **休息天**：也称“歇班”，指结束工作后的休假。一次当班工作两天，结束以后就是休息。

就像第一章中所说，如果在工作中碰到在意的地方，我就会利用休息天乘坐公交车和电车前往那里，然后通过步行认路，这样做既很有趣，又能帮助自己记忆路线。

当时，我和母亲两个人生活在立石的住宅区。

我的独生子已经独立在海外工作和生活，我父亲则入住了护理之家*。

年过五十岁的我成了一名出租车司机，一大早出门，第二天早晨回家。那么，在母亲眼里我是什么样的呢？

有时候如果刚好送客人到我家附近，我便会顺路回趟家，陪母亲吃午饭。母亲自己一个人在家，我尽可能地挪出时间陪伴她，我觉得这是为人子应尽的孝道。吃完饭后，母亲会在五楼的阳台一直目送我开车远去。

开出租五六年后，有一次我照常在清晨回家，睡醒后与母亲一起吃了顿有点晚的午餐。那是初冬一个温暖宜人的日子。

母亲坐在坐垫上，身材圆润，她沉静地低语道："现在是我人生中最幸福的时刻。"

我在前文中提到过，我们家经历了一场破产风波，而母亲就是那场风波最大的受害者。她被父亲写为借款的担保人，这

---

* **入住了护理之家**：光靠父亲的退休金并不足以支付护理之家的费用，所以由我们三个子女补贴。但父亲并不在意妹妹十分辛苦才找到这个机构，而是自说自话地一会儿住一会儿不住。

导致她坐上了法庭的被告席。开庭那天，母亲哭着问“为什么我必须坐在这儿”，而我只能沉默无言。

那之后，同时失去工作和家庭的母亲非常低落，即便我们搬到了立石，她也是大门不出二门不迈，终日待在家里。看着她憔悴的样子，我很担心*她会不会想不开。

那场破产风波过去六年以后，母亲终于在新家附近交到了朋友，身体也变得更加健康，兴许是因为人生头一次过上了毫无烦恼的幸福生活。

母亲问我:“那你呢？你幸福吗？”

那时候的我每当清晨在公司的更衣室打领带时都会深深叹气，感叹漫长的一天又要开始。面对这样的自己，我无法立刻回答母亲。

我的答案如鲠在喉，只能含糊地点了点头。

---

* **担心**：我妹妹住得离我们不远，每天都会来看看母亲。已经离婚的前妻也提醒我：“你最好别让妈妈离开你的视线。”可见母亲的抑郁非常严重。

某月某日

例行工作：

我平常的一天

早上7点多，约五十辆出租车齐齐出动。这是“A班次”的出车时间，每十辆成一队，像串珠一样同时向普通道路开去。

OK，出租车司机的一天拉开帷幕。

我和往常一样从日光街道*（国道4号线）开往市中心。等红绿灯的时候旁边那辆车的司机正好是熟人。

“你去哪儿？”我问道。

“我接了个电台派单，客人住在北千住。”四十多岁的榎本先生是职场的一年级新人。

“这样啊，一早就很走运呢，加油哟！”我说。

开到三之轮附近时有位男性举手示意，现在是7点15分，我今天的第一位客人。

“请去岩本町。”这位男性是位白领，经过靖国大道之后下

* **日光街道**：江户时代的五大街道之一。从日本桥途经千住、栗桥、宇都宫等到日光市，全长约150千米。早上大型卡车很多，非常拥挤。

了车，车费1780日元。我在前往市中心的路上顺便开了单，真是幸运。

因为还不到8点，所以我在便利店买了一个面包和一杯茶当早饭，还买了报纸和罐装咖啡，接着一边啃面包*一边往熟悉的上野开。

我在上野站附近接到了下一位客人，这次是一位看上去六十多岁的女性，她的目的地是“东大医院”。

从不忍大道经无缘坂抵达东大医院，车费1380日元。

因为难得到这片区域来，我就去了东大的出租车候客区排队接客。当时有五辆车在排队等待，轮到我估计需要三十分钟。不过在这里打车的客人大多是去车站，路程很短，不指望有大的营收。

如我预想，约三十分钟后，两位乘客上了我的车，一位是老奶奶，另一位女士像是她的女儿，她们的目的地是御徒町。这个车程也在我预想之内，车费980日元。

接下来我去了上野站的出租车候客区。等了四十分钟后，一位身着西装的中年客人上了车，他说“去墨田区文花的K公司”。车费2480日元。

---

* **一边啃面包**：这也是例行程序，我几乎每天都吃。其实就算没有载客，司机也被严令禁止在行驶过程中食用面包等。所以我们为了不让行人和对面的车看到都是偷偷吃。幸运的是我直到退休也没有被揭穿过。

中年乘客在文花的K公司门口下了车，然后我沿着浅草大道北上。一位佝偻的老婆婆在押上上了车，目的地是上野的永寿综合医院。

路上她絮絮叨叨地告诉我：“半年前，我坐出租车遇到了事故，门牙断了。”出租车司机对客人置之不理的行为让她非常愤慨。这简直是飞来横祸，我对她的遭遇表示了同情，收了她1580日元的车费。

下午1点前，我在便利店买了便当当午餐，然后把车开到上野公园旁，把座位放倒躺着休息了约一个小时。

两点左右，我接到了电台派单通知，需要把客人从东京都美术馆送到台场的电视台。乘客是三名年轻男性，从对话来看他们好像是电视台的工作人员。我从上野走高速到了台场，车费5880日元。回程时，我沿彩虹大桥走普通道路。

从第一京滨经品川到银座后，一位五十岁上下的男性乘客上了车。

“请走普通公路*去松户。”哇，这个时间能碰到长途客人真难得。

他没看到前面的出租车，于是向我的车举了手。“我在等

---

* **走普通公路**：因为高速费用由乘客承担，所以乘客经常会说“走普通公路”。出租车司机其实更愿意走高速，但如果是从银座到松户，即便走普通公路也是可以接受的。

你们公司的车。”他说。我听了很高兴，有乘客专门选择我们公司的车呢！车子走水户街道抵达常盘平，车费9220日元。因为没有乘客在其他县（千叶县）上车，所以我把显示器状态切换成“回场”后返回了东京。

进入葛饰区后没什么乘客，于是我暂时串街揽客。

不到傍晚6点，我抢在下班高峰前去了上野一家立食荞麦面店*，花380日元买了份天妇罗荞麦面，狼吞虎咽地解决了晚餐。

接着我再次前往上野的出租车候客区。一位年轻男性上车时只说了句“去吉原”，后来在千束四丁目下了车，车费1140日元。

随后，附近的肥皂店有位女性招手上了车。我想着这会儿还不到9点，她怎么就回家了，乘客解释说因为身体不适所以提前下班。她的目的地是莺谷站，车费980日元。

送完这位乘客后我又稍微开了一段路，随后停在浅草洗手间旁稍作休息，很多出租车司机都会暂时在那里休息。

“今天生意怎么样？”有位熟人向我搭话。

“不怎么样。”我答道。实际上到现在为止我赚了25000日元，属实算不上很好。不过我从未在这里听到过有人说自己“赚大发了”“很不错”之类的。

---

* **立食荞麦面店**：这家店位于4号线旁边，在店里就可以看到我停着的车，所以非常令人放心。

后来我在浅草豪景酒店门口等客，接了三位梳着日式发髻的艺伎去向岛，车费900日元。从那时起到晚上11点为止，光起步价客人就有三组。

11点以后就开始看运气了！我串街接到了一位白领模样的男性，他从神田去赤坂，车费2500日元。

在那位客人下车的地方又上来了三位年轻男性——“请问可以上车吗？”得到我的肯定后他们又说：“去千叶。先从霞关走高速到幕张吧。”我听了这话后在内心振臂高呼。我把他们三人各自送到家，车费将近两万日元。此时是深夜十二点半。

多亏最后的三位男性乘客，我的营收超过了5万日元。今天的收入不错呀！返程路上，我哼着小曲儿在高速上飞驰*，就这样结束了漫长的一天。

* **在高速上飞驰**：按照规定，我们回程的高速费用由公司支付。如果营收超过5万日元，就可以昂首挺胸地走高速回去。

某月某日

最长车程：

相信客人还是怀疑客人？

前几天我看到了这样一则新闻：

据报道，鸟取县警察局下属鸟取署17日以现行犯的名义逮捕了一名涉嫌欺诈的女性，其姓名和居住地址均不详。该女性从横滨市乘坐出租车前往鸟取市，车程600多公里，但拒不付费。据警署表示，当天凌晨两点半左右，该女性明明不打算支付车费却在横滨市户塚区JR户塚站打了一辆出租车，约8小时后抵达鸟取市东品治町JR鸟取站附近，但拒绝支付车费236690日元，涉嫌乘坐“霸王车”。

该女性说着“我想观赏鸟取沙丘”“到鸟取站我会付钱的”之类的话然后上了车，但抵达目的地后依然拒绝支付费用，因此司机直接开车将她带到了鸟取警署。据悉该女性四十多岁，随身仅携带几百日元。

（2021年1月18日《朝日新闻》电子版）

有时候会有客人问我："至今为止您开出租到过最远的地方是哪里呀？"

我其实没怎么开到过很远的地方*，最远只到过宇都宫市。车费加上深夜津贴大概是5万日元。

有一位客人在JR上野站前上了我的车。

他说其实已经坐上了从仙台到宇都宫的电车，但因为睡过站所以才来到了上野站，但此时已经错过了末班电车。

我问他为什么不干脆在上野住一晚，可能比打车更划算。

这位男性看上去三十多岁，他说："明天早上我父母要用车，但是那辆车被我停在了宇都宫站……所以我最晚必须在明天早上之前把车开到父母那里。"他为人谦逊，向我道歉："不好意思，让你跑这么远的一趟。"

这可没什么抱歉的，跑长途对出租车司机来说可是千载难逢的大单啊。

我对他的情况表示同情，回答道："不，您别这么说，这种长途生意对我们司机来说很难得。"

我在没有岔路口的东北道上一路飞驰，途经加须、栃木，

---

* **没怎么开到过很远的地方**：虽然我没开过很远的地方，但曾经载过一位五十多岁的男性客人，全程五个小时。途中他去了理发店、百货商店、餐厅，最后还去了外国汽车销售店，向我夸海口说"签约了两台奔驰"。当时打表器超过了3万日元，我担心地问他："请问您还要继续乘坐吗？"他回答说："谢谢你，我下车了。"然后按照打表器付了车费。这人虽然多变，但还是位好乘客。

含有深夜津贴的打表器和车速一起飞快上涨，真的很爽！

我的最长车程不过如此而已，下面来介绍一下我的同事远山先生的英勇事迹吧。

远山先生在上野等待接客时看到有位客人接连被前面的出租车拒载。

接着，这位客人来到了远山先生的车旁并对他说：

“我要去富山，不过现在我身边没带钱，但到家以后我可以用卡支付。”

应该没有司机会相信这种说辞吧？

但远山先生在得到公司允许后选择了相信。其实公司对这种事情的容忍度很高。

因为如果司机向乘车的客人确认“您带钱了吗？”，那就意味着怀疑客人，所以这种行为是禁忌。

但那位客人诚实地告知了司机“现在我手头没有钱”，所以问题就在于司机是否相信他到家会用卡支付的说辞。

假如我是司机，我一定会选择拒绝。

首先，路程太远，我对自己的体力没有信心。

其次，有可能拿不到车费。如果客人找理由逃跑，那我在富山会束手无策。

最后，虽然说出来有些羞愧，但我还不至于为了营收*勉强自己到这种地步。

我应该会这么回答那位客人：

“非常感谢您给我这种大单，但如您所见，我年纪不小了，体力跟不上，您去的地方这么远，万一我的身体出现什么问题，就无法把您安全送到家了，所以很抱歉，还请您乘坐其他出租车吧。”

这是我的心里话。

但远山先生接受了客人的提议**。

远山先生说：“当时我觉得就算被骗了也没关系，我的男子气概让我做好了全部自掏腰包的准备。”不过不知道哪些是他的真心话，或者这话纯粹是马后炮也未可知。

出租车的燃料用的是液化石油气，但可以补给的加气站非常有限，尤其是富山那么远的地方，如果不加气肯定回不来。远山先生在行驶过程中会定时向公司报告所在位置及燃料剩余量，公司则会告诉他附近哪里有加气站。

---

* **为了营收**：我入职以后的很多年里都曾为了提高营收而勉强自己。但最后几年我已经完全丧失了那种热情。不过，山外有山，人外有人（差生后面还有更差的？），依然有同事在别人还拼命赚钱的晚上10点就选择睡觉，我果然还是做不到这种地步啊。

** **接受了客人的提议**：前往距离营业区域超过50公里的地方时，司机可以要求由乘客支付回程的高速费用。

八个多小时后，远山先生抵达了富山，据他说那位乘客的家门口十分气派。

“我看到那栋住宅时就确定这笔车费跑不了。”

远山先生笑着说。

但即便如此，当客人从家里出来并把卡递给他*时，他还是从心底松了一口气。

车费约20万日元，往返行驶距离约800公里。

“真的非常感谢你相信我并把我送到这么远的地方。”那位乘客不仅表达了感谢，甚至还从家里拿来了很多土特产送给远山先生。

“富山真的很远呢。我送客人过去的时候倒没什么感觉，但独自返程时真的很漫长，当我终于看到熟悉的出租车顶灯时可算松了一口气——啊，终于回来了！总归我还是出于男子气概相信了客人，这真的很重要！”

到过富山的远山先生骄傲地对只去过宇都宫的我如是说。

---

* **把卡递给他**：如果用卡结算，由于单次刷卡上限为5万日元，需要刷4次才能刷完。

某月某日

“柏青哥”狂：

跑72小时出租才能平账

我应聘时曾看到公司招聘信息栏里写着“一年三次奖金”，不过并未写明具体金额。

后来发现，一年的确是发三次奖金，但金额和我想象的却整整差了一位数，大约只有4万到5万日元，如果营收少，那奖金也会按比例减少*。

发放奖金以后，有些地方就会特别热闹。我们公司旁边开着从清晨就开始营业的酒馆，很多同事都在那里消遣，但我不会喝酒所以不去。

同事们都很喜欢“吃喝玩乐”。

我曾经和同事一起去过一次非常便宜的两天一晚旅行**。除了我之外的四人都仿佛不是去观光而是专门去喝酒的，几乎在

---

* **按比例减少**：离职前一两年，我的出车频率减少了一半，所以奖金也减少了3万日元。

** **非常便宜的两天一晚旅行**：前往茨城县温泉的巴士旅行，价格非常便宜，含两餐，每人不到1万日元。

泡“酒浴”，一直在喝。我讨厌碰到喝醉的乘客，但朋友的醉态却十分可爱。

赌博也是一项广受司机欢迎的活动。大家会在公司食堂里激情满满地讨论赌赛马、赌自行车竞赛、赌赛艇。不过我并没有参与其中。

我唯一沉迷的是“柏青哥”——一种弹珠老虎机。有段时间我每次上完夜班以后都会去玩，花个一两万日元在“柏青哥”打对抗。

我第一次玩“柏青哥”是在高中，当时街上那家小小的“柏青哥”店还是泥土地，坑洼不平。如果机器出故障球掉不出来，一些威猛的哥哥就会喊着“出来！”，然后拍打机子。那台机子背后就会传来店员阿姨的怒吼：“别给我这么大声儿！听到没有！”啊，多么美好的年代啊。

我站在老虎机前用左手把球一个个放进机器里，再用右手大拇指弹出。也许是新手运气，第一次我就中奖了。当时手里攥着明治巧克力的我还不知道可以把赢的弹珠换成钱。我的“柏青哥”人生就此拉开了帷幕，唉，也不晓得这究竟是幸运还是不幸。

曾有一次，我在一家知名连锁店里玩“金肉人”主题的老虎机，短时间内连连中奖。

一开始我还在感叹自己运气好，但随着之后真的不断中奖，我突然感到不安，祈祷赶紧停下来——明明平时一直在祈祷中大奖！中大奖！果然我这辈子还是做不了赌徒啊。

钱箱里的弹珠堆积如山，周围的客人向我投来了羡慕的目光。这些弹珠能换20万日元——如果靠开出租，赚20万日元得开上72个小时*。但是在这里，仅仅几十分钟就可以赚到。

尽管只是赢了“柏青哥”，却有一种赢了天下的心情，我陷入了错觉之中，仿佛自己是全日本最幸运的人！中奖时的快感和喜悦之情确实无可替代。

有过这样的经历后，我深深记住了那种感觉，而小小的失败则完全被我抛在脑后。

每次还没到开店时间我就去店门口等着，开门以后，当我坐在机器前却一直输时，我会双眼充血，大脑沸腾，越输越想着马上就会赢，不断追求胜利时的那种兴奋感。

如果输了，我就会把输掉的金额换算成日常生活中的消费，同时反省自己——哎呀，输掉的钱本可以用来买某某东西或者吃顿好的！

但不论输多少，睡一觉起来我就会忘掉，然后又去店里追求兴奋感。这既是“柏青哥”的魅力所在，也是“柏青哥”的可怕之处。

---

* **开72个小时**：如果上一次班（18小时）赚5万日元，则需要上满四次班。18小时4次班=72小时。但我上一次班并不是经常能赚到5万日元，而且如果按纯收入计算，赚20万日元更是难上加难。

某月某日

债务大王：

“故意制造自爆事故……”

我私下也会在下雨天等情况下打车。

某天晚上，我在路上打了辆出租车，习惯性地看了一眼驾驶员证*，总觉这张脸和名字很眼熟，好像在哪里见过……巧了！这名司机是横山先生，以前和我是同一个营业所的同事。

“横山先生，好久不见。你还记得我吗？”

“我记得你，你是内田先生吧？我们在千住营业所时经常聊天。”

“不好意思啊，我去的地方不远，请去立石。”

因为他开的是其他出租车公司的车，所以我询问了原因。

“横山先生，为什么你跳槽去了其他公司啊？”

“是的，其实说起来非常惭愧，我是为了筹集女儿私立高中

---

* **驾驶员证**：摆放于副驾驶座前面，带有司机的大头照，必须在出租车中心注册后才能领取。法人出租车要有驾驶员证，个人出租车要有经营者乘务证，不将证件展示在车内则无法接客。每次下班时我们都需要把驾驶员证还给公司。

的入学注册费……”

如果有开出租车经验的司机跳槽到其他公司*，有些公司会提供“入职红包”，金额在20万到30万日元左右。

按照他的说法，他跳槽是为了筹集女儿的高中入学注册费，目的是拿到入职红包。

绞尽脑汁地筹措资金，甚至从工作多年的公司离职，这日子真是不容易啊。

但是，像横山先生这样的例子并不少见，包括我在内的很多人日子都过得紧巴巴的。虽然司机当中也存在着贫富差距，但据我所知，并没有真正富裕的人。

“但我女儿没考上……她最后去了公立学校，入学注册费也很便宜，也不知道这算好事还是坏事。”

他说着苦笑了一下。找零不多，我下车时便没有收，权当给他的小费。不过幸好他现在还是就职于大型出租车公司，我稍微松了一口气。

虽然我不认识富人，但倒是认识个债务大王。

松林先生小我十岁，和蔼可亲的笑容令人印象深刻。他待人接物很亲切，性格也稳重大方。

据说他之前的工作是经营杂货店，店里还出售外国的进口

---

* **跳槽到其他公司**：站在出租车公司的角度来看，他们更青睐无须花费时间教导和考核就能立刻上岗的司机，所以有经验的人士对任何一家公司来说都是香饽饽。

商品。我以前也曾和杂货店做过生意，所以倍感亲切。

但他和外国人做杂货生意时遇到了诈骗，客户破产，他的生意也越来越不景气，最后因欠下几百万日元的债务而陷入困境。于是他关了杂货店，转行做了出租车司机。

“我甚至想故意制造自爆事故*来获得保险赔偿。只要不死，少一条腿就能拿到500万日元左右，也不亏吧？”

松林先生总是笑眯眯的，性格又稳重，但我从他专注的神情看出他是认真的。

他的表情真挚得不同寻常。

我震惊得甚至都忘了当时是如何回应的。

我也曾因为身负债务过得非常辛苦，但我从未想过为了钱而去伤害自己的身体。不过我亲身体会过债务之苦，所以他的想法我也不是不能理解。

那之后不久我在公司里就没再见过松林先生。

在出租车司机这个行当里，除了会告知非常亲近的人，很多人离职时都是不知不觉就消失了，我们不像普通公司职员那样会在离职时和大家当面打招呼。一年一度的招聘考试结束后

* **自爆事故**：他是认真的吧？他甚至告诉我他打算把自爆事故的地点定在都内某个地方的墙壁上。但最终没做或许是因为他无论怎么下决心也做不到直接往墙上撞。

也没有入职仪式，都是随时招聘、随时入职*，人员流动非常频繁。

后来我有好几年都没有见过松林先生。直到有一天，我正在浅草国际大道等客时，有人咚咚地敲响了我的车窗。

我还想着是谁呢……原来是松林先生。

他和从前没什么变化，依然笑得十分温和，我问道："有段时间不见了呢，你还好吗？"

"我已经不开出租了，现在在当保安。"

我不由自主地看了看他的脚下。

还好，他的两条腿都还在。

---

* **随时招聘、随时入职：**招聘负责人着急地对我说："快介绍些人给我，就当帮我忙。"当时人手不够，很多人都成了"候鸟"——辞职跳槽去其他公司然后获得入职红包。

某月某日

好了，来了：

典型的骗子手法

星期六的傍晚。一位身穿衬衫的客人在上野上了我的车，年纪大概五十多岁，衬衫的花纹相当华丽，身材也很匀称。他说他要去涩谷，接着便随意地跟我聊起来：“司机师傅，你喜欢哪支棒球队？”

他似乎是在试探我的心情？这种罕见的态度让我不由得心生戒备。

他又说：“接下来我先去涩谷见朋友，稍微碰个头后立刻去横滨。”

如果从上野前往涩谷，再从涩谷前往横滨，那么我的营收总额大概能达到两万日元，这对于司机来说可是一个“美差”啊。

“但是我刚刚在上野把钱花光了，现在身边没有现金，我也不能和在涩谷见面的朋友说我没钱，所以师傅，不好意思，可以先借我3万日元吗？当然了，到了横滨以后我马上还给你。”

好了，来了，这是典型的骗子手法。

我虽然已经有所警戒，但还是装作平静地答道：

“我现在身边也只有两万日元。如果到了涩谷您和您的朋友在车里见面，那我可以借给您。”

“这……”男人陷入了思考，之后几乎闭口不言。

与此同时，目的地涩谷近在眼前。

“你停在派出所门口吧，这样总放心了吧？”

因为他这么说，所以我把车停在了涩谷站前派出所门口。

男人又说：“我马上回来，请在这里等我。”说着就要下车。

“可是我们刚才已经约定了您不离开车里。”

我回嘴后，男人一改刚才的低姿态，开始提高音量：

“你给我差不多得了！我都说了，相信我，我马上就回来了！”

如果他就这么下车，应该不会再回来了吧？从上野到涩谷的车费为5000日元，必定会被他赖账。

“就算您说了会回来，我也无法信任刚刚才见面的人。”

见我也表现出不肯作罢的态度以后，他立马变了神色，露出了粗暴之相。

“乘客说了要下车，你就给我开门！你是不让乘客下车吗？你的名字和脸我可都记住了！别指望这事儿就这么过去！”

虽然他说的话十分荒唐，但也没办法。我只能让步，开了车门。

男人迅速下车然后走进了涩谷的茫茫人海中。当然，他再也没有回来。

其实我完全可以开车冲到旁边的涩谷站前派出所报案。但如果在出租车这种只有两个人的密闭空间感到害怕的话，又会觉得只是被讹了5000日元而已，不如算了。

我把这笔钱当作学费，但觉得这次被骗是由于我的懦弱，这令我感到十分羞愧。

结束一天的工作后，我向公司汇报了这件事情*。

事务员同情地说了一句“你被骗了啊”，但并未责怪我。由于这笔损失是我自己造成的，所以公司不会给予补贴。一想到我或许还得自掏腰包支付那个家伙的车费，我就越发生气。

这件事在第二天的晨会上被通报，似乎是为了让大家都注意这种情况。虽然我的名字被隐去了，但事情立马被传得人尽皆知。

过了几天，有司机朋友和我聊起这件事，形容道：“真是灾难啊。”小小的公司里，一个人的失败经历以惊人的速度流传着，虽然人传人的时候可能只是出于好心，提醒他人小心提防，但一想到也有可能传到当事人那里，这就让人不太开心了。

---

* **汇报了这件事情**：因为觉得当时没能毅然决然地做出应对，所以我很犹豫是否要汇报这件事。但是，我希望其他同事不会再被同样的方式欺骗，所以还是决定上报。

不过，这件事并未在这里结束。

几个星期后，这个男人又在上野上了我的车。

他或许不记得我的样子，但我可一辈子都忘不了他长什么样。他上车的那一瞬间我就察觉到——是那个家伙！

可他没认出我来，依然对我说："司机师傅，请去涩谷。"

又在这里碰到他简直是百年难得一遇，上次的悔恨感立刻向我袭来，这一次，我要纠正上次的错误*！

"喂！你做这种事情要做到什么时候！你不记得我了吧？我可记得你的脸！我就是几个星期前被你赖账的那个蠢货司机！怎么样，要我带你去那边的派出所吗？上一次我是犯蠢了，可今天我不会！你还要坐吗！"

我说完，那个男人惊慌失措地瞪大了双眼，一言不发地慌忙下了车。

有这么多出租车，再遇见的概率能有多少呢？又或者他每天都在上野这么骗人吗？

这样的话，除了我之外可能还会有其他被他威胁的受害者。那时如果我再多一些勇气就不会再发生这种事情了。这样一想，哎呀，我应该直接抓他去派出所！

啊对了！我忘记要回被他赖账的5000日元了！

---

* **纠正上次的错误**：如果是平时的我可能会不知所措，但那时我大为恼火，一口气说出了这番话。

某月某日

拼命说服：

白金票乘客是大主顾

我们公司有一种专用的出租车票*，上面写有客人的名字，相当于白金客户票，意味着持票者是最顶级的客户。

某天晚上，我在新桥站附近等客。一位四十多岁的男性乘客无视其他几辆也在等客人的出租车，径直上了我的车。

“终于找到了！这附近根本没有你们公司的出租车啊。”

出租车票通常用于招待，大多被作为“车费”交给对方。持有出租车票的客人来历清白，据我所知全都是绅士淑女，未曾碰见过奇怪的人。

这名男性乘客让我从汐留上首都高速，前往芝浦的五色桥附近。

---

* **出租车票**：按照原则，清算费用时出租车票对应的金额会被记在该客人名下。如果碰到烂醉的客人对司机说“之后再写”然后下了车，那么司机一定会在下班时将空白票据和带有金额的小票一起交给事务员，请事务员代写。有一次，醉酒的客人写错了数字，我便请客人更正。但回公司以后，该修正痕迹被视为涉嫌违规，所以做了无效处理，我只能自己掏了腰包。

我按照他的要求上了首都高速，但是一不小心错过了芝浦的出口。我很焦急，心想万一下一个出口没下成功该怎么办啊？而此时下一个出口迟迟没有出现。

我感受到了背后的视线，不禁直冒冷汗，于是透过车内后视镜*瞄了一眼客人——幸运的是他睡着了。无论如何，今天似乎很走运！

我祈祷客人就这么一直保持睡着的状态。后来终于等到了下一个出口——铃森，下了高速后我回到了普通道路，但多开了将近7公里。

抵达目的地后，我平静地叫醒睡着的客人："您久等了，我们已抵达目的地。"这一刻，我的厚颜无耻展露无遗。

客人揉着眼睛说："已经到了吗？真是谢谢你了。"然后若无其事地下了车。

对白金票客人来说，就算车费比平时略贵他们也不会在意，反正钱不是他们自己掏。持票的乘客多为长途客人，也没有奇怪之人，更不会因为车费而发生纠纷。所以说呀，谁接到持出租车票的客人那可真是中奖了！

我们常常能在浅草一家知名的日式高级酒家接到这类客人。

---

* **透过车内后视镜**：除了抵达目的地时与乘客沟通车费，司机不会回头看客人的脸。

晚上9点多，我在附近串街揽客时收到了电台通知，并成功接到了那个单子*。我在这家日式高级酒家接过几次客人，车程都很长，所以可以期待一笔可观的收入！

这家酒家门口会有身穿日式短褂的领班出来直接指示出租车司机。

根据领班的指示，我停靠在门口，不久后便看到一位老绅士在几名艺伎的目送下走了出来。

这人大概七十多岁，身穿看上去很高级的西装，像是某家企业的会长。

我的期待高涨，他的目的地会是千叶、埼玉还是横滨呢？

一位身穿西装的男性将出租车票递给我，他似乎是招待方。

“请将这位先生送到千叶八千代的家里。”

我在大脑中大概计算了一下车费。从浅草到八千代的车费肯定超过1万日元**。

虽然那天我的营收还不到3万日元，但如果能加上这一趟的1万日元，那下班前我的营收甚至有望冲到5万日元。我在内心振臂欢呼！

这位男性看上去很有风度，估计也不会出什么幺蛾子，美

---

* **接到了那个单子**：接到电台单子属实很幸运。当时，我们公司接连吞并了中小型出租车公司并合并成了集团公司，所以出租车的数量大幅增加，公司内部的竞争也变得很激烈。当时预备接单的五辆车中有四辆都是集团公司的车。

** **超过1万日元**：超过1万日元的营收多来自夜晚的客人。

差一份啊！

我礼貌地向乘客问好，然后心情愉悦地启程。

结果车子刚开出去，这位老绅士就低声说：

“把我送到都营浅草站就行。”

啊？！

太出乎我的意料了。

太讨厌了！这样一来我的计划就落空了啊。

不行，我得想想办法……于是我开始拼命地说服他。

“刚才公司和我说因为您是非常重要的客人，一定要安全地将您送到家。如果我不这样做会被公司训斥‘为什么你没有将客人送到家……’。”

“不不，没关系。不要紧的，你就停那儿吧。”

既然他都这样说了，我也没有什么办法了。

我把车停在浅草站前，然后把手里的出租车票还给他，车费则以打表器为准，用现金结算。

接送费400日元，打表器费用730日元（当时），合计1130日元。或许因为我的期待过高，最后像是跌入了深渊，太令人难过了！

某月某日

不由自主祈祷：

各种各样的乘客

我接到电台通知前往两国。

一位三十岁左右的女性站在那里，看上去就是我要接的乘客，她怀里还抱着一个不知道是否满周岁的小婴儿。

上车后她告诉我目的地是江东区的南砂。

在车里，她一边回应着小婴儿的动作和表情，一边不断说着：“啊是呢，妈妈知道，真厉害呀，对吧？”一字一句都能感受到母亲的慈爱。

孩子不哭也没有出声，一直很安静。

目的地是一家儿童医院。结算车费时我才注意到孩子插着鼻管。

不知道是男孩还是女孩，也不知道是患了什么病。

出租车司机只是在几十分钟里将乘客送到要去的地方而已，除此之外做不了任何事。

即便如此，我们依然会不由自主地祈祷*，希望乘客一切顺利、身体健康、幸福快乐。

我望着这位母亲下车后抱着孩子远去的身影，低头祈祷，希望孩子恢复健康。

黄昏时，我接到电台呼叫前往上野的铃本演艺场门口，有两位老人等在那里。

为了核对姓名，我下车向他们走过去，这才发现两位老人都是盲人。因为没带盲杖，所以他们不知道该往哪里走。两人应该是夫妻。

在此之前我也曾载过一次盲人乘客，当时那位乘客还带了一条导盲犬。我根据电台指示到了指定地点以后，看到一个拄着拐杖的人和一只狗靠在一起等我。我和客人打了声招呼，将他引导到后座车门，然后帮助他用空着的那只手摸到车顶，确认车高后再进入车内。导盲犬也跟着跳进车里，轻轻地趴下，安安静静地待着，温顺陪同主人的样子宛若一个管家。

扯远了，再说回上野铃本演艺场门口的这对夫妇。我礼貌地向他们致谢，感谢他们来迎接我，然后带他们上了车。他们

* **不由自主地祈祷**：凌晨3点，一位年轻的女性独自在深冬的大雪里引导工程现场的车辆。我因为红绿灯刚好把车停在她身旁，于是把乘客刚刚送我的一罐热咖啡递给了她。围巾盖住了她的半张脸，但我感受到她轻轻地向我点头致谢。

的目的地是小松川。

“柳家小先生*确实不错啊！”

老奶奶对老爷爷说。

老爷爷答道：“他说的是江户腔，没有任何修饰，非常容易理解，真不错啊。”

他们俩你一言我一语地一直在谈论当天的演出剧目。

从聊天内容来看，两人一起去听了不少落语。[1]

抵达目的地附近以后，我口述了周边场景，他们似乎已经非常熟悉，得心应手地指示我：

“请开到那边的第三个电线杆把我们放下。”

从他们一起下车后手牵着手离去的样子来看，两人感情很好，共同享受着人生的美好。

我家破产时，我与妻子在法律上离了婚。我们俩在我29岁时组建家庭，妻子小我两岁，我自认为将近20年的婚姻生活还算过得不错。

为了避免贷款问题牵连到妻子，我选择了离婚，但公司完成破产清算以后，我也无意再与妻子复合或一同生活，我们选择了各自过好自己的日子。

---

* **柳家小先生**：第五代。第一位被誉为重要非物质文化遗产（人类国宝）的单口相声表演艺术家。其生前最后一场表演是2002年2月的“亲子三人会”，因此接到这对夫妇是我开出租后一两年的事情。

我们的独生子每年会邀请我们一起去旅行一次，因此我和前妻只有在旅行时才会见面。

我们双方都认为“不管怎样别给儿子添麻烦”。

我从携手同行的老夫妻的背影看到了理想夫妻的样子。

我想，如果我和妻子也一直一起生活，我们也会变成那样的夫妻吧。

某月某日

“星探”：

来自老绅士的提议

2008年9月爆发的雷曼危机*令世界发生了翻天覆地的变化。

夜晚的街道人迹罕至。就算有人，大家也不乘坐出租车，而是全都快步向车站走去。公司削减招待费给出租车行业带来了直接性的打击，我们的大主顾白金票乘客也都消失不见了。

两三年后这种情况略有好转，但依然没能恢复到我刚开始当出租车司机时，即2000年左右的水平。

到了2011年，有一次我在神田站接到一位身穿西装、年纪在六十岁上下的男性客人。他的目的地是田端，于是我在脑子里算了下从神田到田端的车费，大约是2000日元。

上车后我们稍微聊了一会儿。

突然，这位男性问道：

“你打算就这么一直开出租吗？可以的话要不要到我那里

---

* **雷曼危机**：最初我看到新闻时只觉得和金融有关，并未放在心上。但后来，雷曼危机造成了股价急速下跌等多方面影响，出租车行业便是第一个“受害者”。

工作？”

虽然我很高兴他认可我的待客态度*，但我和他刚认识不过十分钟左右而已，突然说这种话让我觉得对方有些看不起出租车司机这个职业。

比方说，他会因为新干线列车员的服务很好就提出想挖走这名列车员吗？不会吧？如果对象是出租车司机，这种话多半只是搭腔。

我圆滑又诚恳地表示了婉拒。

他付钱时把名片也递给了我，并对我说：

“这是我的名片，你先收着吧，如果改变想法了就联系我。”

名片上印着公司名称，看上去他从事的应该是建筑行业，名字旁边还写着“董事长”的头衔。

可是邀请在马路上碰到的出租车司机入职自己公司，那应该是很缺人吧？我并不想跳槽去这种奇怪的公司。

我有几位同事也曾接到过这类邀请。

据说，自称综艺节目社长的乘客邀请岛村先生跳槽。

“那家伙说，‘干出租车司机没什么意义，来我们公司吧，做我的左膀右臂’。我立马拒绝了，告诉他我没兴趣，别把出租车司机当傻子。”

---

* **我的待客态度**：我的营业收入和对都内地理知识的掌握程度都很一般，只有待客态度令我自豪。毕竟，最好的服务不就体现在待客态度上吗？

岛村先生在休息室一边喝着罐装咖啡一边愤慨地说。

“这是那家伙给的名片。”

他给我看的名片上印着公司名称，很有综艺节目的风格，但我从没听说过，而且看上去也怪怪的。

“我是因为不想再干以前的工作了才来开出租的，这个年纪了也不想再换工作。内田先生你也是吧？”

我狠狠地点了点头，不过我没好意思告诉他，其实我曾经也动摇过。

2009年春天，某天上午11点左右，我在浅草桥站前接了一位客人。

这位乘客年事已高，估摸着已有八十多岁了吧，身穿一件显然价值不菲的夹克，一头浓密的白发梳得十分整齐，蓄起的胡子同样被修剪得整洁有型。

聊了十五分钟后，这位老绅士说：“你要不要来当我的专属司机？因为工作，我每周会往返浅草桥和目白之间四五次。早上去，傍晚回，白天会去一两个地方，其他时间只要等着我就行。”

我问道：

“抱歉，请问是您公司要聘用我的意思吗？”

“是的，我经营的公司雇你。但你的工作只是接送我，薪水肯定比你现在高*。”

话题具体得如此反常，甚至还涉及了薪水。

他看上去不像是坏人，说的话也不像是在骗人。

因为雷曼危机，当时我的收入比以前少了两到三成。如果只有早上和傍晚接送他，然后白天送他去一两个地方，而且工资还比现在高，那么说实话并不是坏事。

因此，当时我的内心动摇了。

但考虑到对方的年龄和工作稳定性，我最终还是选择拒绝。

之后的几年里，每当我在工作中遇到不顺心的事时，就会产生一些逃避现实的幻想，譬如如果那时我真的去当了那位老绅士的专属司机，现在又会是什么样呢?

---

* **肯定比你现在高**：他都没有问我现在的工资就如此断言。假如我是那种能力非常优秀的司机，每个月能赚100万日元呢？唉，不过乍一看就能知道我不是那种司机吧。

某月某日

小小的常客：

不谙世事的小朋友

早上8点，我正在一栋格外显眼的豪华公寓前等待电台派单的乘客，那里是目黑的高级住宅街。

我前面还停着一辆其他公司的出租车，估计和我一样也是根据电台指示前来，司机正在车外等着客人。

外面在下雨，于是我选择待在车里，我觉得等客人出现我立刻下车也来得及。

这时，一个小男孩边打电话边走出家门，看上去是个小学生。

前车那位司机冲小男孩点头致意，并为他打开了后座的车门，但小男孩并未理睬他就径直上了车。出租车司机和小男孩看上去都非常习惯这种相处模式，但我异常震惊，小男孩的态度仿佛他是什么公司董事。

这个孩子看上去应该在念小学三四年级，这天明明是学校上课的日子，他却没有背硬式双肩书包。

那辆出租车飞驰而去。

虽然小男孩的长相看上去很聪明，但看到他对待出租车司机的态度，我难以形容我的心情。对他来说，这是理所当然的吗?

2008年，一批被称为六本木hills族*的年轻人破壳而出。

当时有很多应该是IT行业的白领在六本木附近打车时都会对出租车司机颐指气使。这些人看上去也就二三十岁，但对待比他们年长许多的司机却像是上司对待下属。

我也碰到过这种情况。乘客说:“去银座。”等我发动车子以后他又说:“你怎么不回答我? ”我自以为已经给过回答，但还是向他解释:“刚才我说了‘好的’。”他却向我怒吼:“我没听到! 你给我大点儿声说! ”虽然并不是所有人都会如此，可六本木hills族给出租车司机的印象真的太差了。

人类很容易就会受到周围人的影响，比如为人处世的方式。假如同事对待出租车司机非常刻薄，那么自己也会在不经意间模仿。正所谓“近朱者赤，近墨者黑”。

我想过如果我在目黑看到的那名小学生是我的乘客会怎么样。诚然，一般情况下，我还是会礼貌地接待他并把他送到目

---

* **六本木hills族**: 21世纪00年代，有些新兴企业和投资基金等把公司开在六本木新城森大厦，在这些公司工作和住在六本木新城里的人被称为“六本木hills族”。

的地吧。

但我心里可能会不太舒服，即便再次接到他的委托，我应该也会拒绝。

那个小男孩错把这种事情当成理所当然，这也是没有办法的事，但是他的父母不应该教他做人要懂礼貌吗?

如今距离那件事已经过去了十多年，长大成人的他是否能够明白当时在车外撑着伞等他的人是什么心情呢?希望当他回忆起当时的场景时，能够反省自己当年是个不懂事的小孩*吧。

---

* **不懂事的小孩：**我培训时，有位教官讲的故事令我印象非常深刻。教官小时候和父亲一起坐出租车，父亲下车时对司机说“不用找零了”，当时司机非常高兴。教官目睹了这个场景，于是他在初中某次打车时效仿了父亲当年的做法，觉得司机应该会开心。但那名司机教导他：“这个钱不是你自己工作赚来的对吧？等你以后自己工作赚钱了，再跟我说不用找零吧。”后来教官把司机的这番话铭记于心，并进入了这一行。

某月某日

尔虞我诈：

特别地区·银座

银座在日本也是一个罕见的特别地区*，根据规定，在特定的区域和时间内，出租车司机只能在指定的地点接客。

有些同事喜欢在银座接客，因为银座的客人大多是长途，而且非常绅士。但我觉得这个规则复杂且不清晰，所以选择尽量不靠近银座。

然而，假如我在银座以外的地区接到了客人，客人要求“去银座并木大道”，那也只能去了。

出租车中心**的工作人员会频繁在银座进行巡查，一旦发现出租车司机未在指定地点载客，司机就会受到停止驾车的处

---

* **特别地区**：在银座五丁目到八丁目的部分地区，除周末、节日和休息日之外，晚上10点至次日凌晨1点之间只能在出租车站打车。

** **出租车中心**：从事东京出租车注册、指导、培训等事宜的公益财团法人。以前被称为“东京出租车近代化中心”。中心接到乘客的投诉后需要确认投诉乘客的姓名、住址等信息，如果确认投诉问题属实，那么司机和所属公司的驾驶管理者都需要出面。投诉内容包括待客态度不佳、拒载、不正常打表、绕远路，等等。

分，还必须接受两天左右的课程培训。

我去银座时，会在客人下车后立刻把显示牌切换成“回场”模式，然后锁上车门，逃也似的离开那个地方。

我曾经载过某大学的校长，整整一天都陪着他在赤坂和银座打转。

晚上9点多，他在银座一家俱乐部门口下了车，说“等我回来”。但是，晚上的银座压根没有空的停车位。

我很发愁，不知道该怎么办，这时校长说：“你去转一圈，大概五分钟以后再回到这里就行。”

我按照他所说转了一圈回来后，看管的停车管理人员就留出了车位。

尽管是公共道路，但也是银座专属的潜规则，想必校长是这里的常客，有权利用这种规则吧。

我挂着“空车”的牌子行驶在银座边缘地带时，有位男性向我的出租车举手示意。那是位身材很好的绅士，看上去六十多岁，头发不多。那里已经靠近京桥，并不属于禁止载客的区域。

不过他自己并未上车，而是把出租车券递给了我。

“请用这个送她们回去。”

他说完对等在后面的三名女性大声呼喊："喂！我拦到出租车了！"

从打扮来看，这三名女性像是女招待，她们纷纷向那名绅士道谢，然后坐进了车里："托您的福能打车回去了，谢谢您！"

那名绅士一直在窗外笑嘻嘻地挥手。车子开出去后，三位女士一边非常高兴地向绅士挥手道别，一边说着：

"那个秃子，又摸我。"

"那家伙总是这样。"

她们互相交谈，但腔调却与刚才截然不同，应该是压根没把我的存在放在眼里吧。这场没完没了的骂战一直持续到她们抵达各自的家。

其实银座的乘客并不多，但看到这种狐狸和狸猫之间的尔虞我诈*也是这片地区的乐趣所在。

---

* **狐狸和狸猫之间的尔虞我诈**：一位从品川前往银座的男性客人说："司机师傅，俱乐部的女人啊，说什么'今天是为了你穿了和服来的哦。一定要来哟。'，等的是我的钱包而不是我吧。"

某月某日

那个家伙的满嘴谎话：

百姓挚友的真面目

筱崎先生也是班长，五十多岁的他身材瘦削、戴着圆圆的眼镜，为人非常老实，我一直都很尊敬他。

有一次，筱崎先生对我说：“我的乘客里有个家伙我永远不会原谅她。”筱崎先生平日里非常绅士，别说是乘客，连同事的坏话也从未听他说过。

连他都这么说的话，应该是发生了非常不愉快的事，于是我饶有兴趣地听他讲了这个故事。

他口中的“那个家伙”是一位知名的女性解说员*。

筱崎先生接到电台呼叫前往了“那个家伙”的住处，据说是市中心一栋规模宏大的高层公寓。

他接到乘客后便前往目的地，但由于高层公寓的地下停车场非常大，很多区域都很复杂，筱崎先生不知道出口的位置，

* **知名的女性解说员**：如今仍在早间综合电视节目担任解说员。之前我看节目时对她还挺有好感的，觉得她评论得不错，但听过这个故事以后完全改变了印象。

于是问她："请问出口在哪里？"

"这种事情我怎么可能知道！"

她突然大声地怒吼。

这位乘客的目的地是横滨市青叶区的绿山摄影棚。

抵达目的地附近以后，为慎重起见，筱崎先生向她确认："请问是那栋建筑对吗？"

"我也是第一次来，怎么可能知道！"

她再次大声怒吼——上车以后全程她只说了这两句话。

筱崎先生虽然做这份工作二十多年，却是第一次碰到这种情况。既不是因为客人喝醉，也不是他自己犯错，只是单方面地被客人怒吼，她说话的方式完全就像对待奴隶或者仆人。

天哪，"那个家伙"竟然恶劣至此，平日在电视节目里明明亲切得像大家的朋友。

或许因为出租车是个密闭空间所以她才这种态度，露出了平时绝不会表露在人前的嘴脸吗？是否这才是她的本性呢？

从那以后，只要"那个家伙"一出现在电视上，筱崎先生就会立刻换台。

出现在电视上的人*应该不全是戴着这种面具吧？但听过这

* **出现在电视上的人**：我也载过几位有名人士，不过公司严禁司机要签名。但有同事因为是乘车的女演员的超级粉丝，所以没忍住要了签名。那位演员当下答应，但过些天公司却接到了投诉，导致这位同事受到了严厉警告。

个故事以后，每当我在电视上看到她，就会觉得“你的花言巧语全是谎言，不管你说得多了不起，都没有说服力”。

某月某日

出演电视剧：

等待十小时，工作十分钟

提起电视，我也曾出演过电视剧*。

虽说出演电视剧听起来好像很了不起，但出镜的其实只有我的车，我本人根本没有露脸。我的角色是搭载某位女演员的司机。

不知道出于什么原因，我偶然间被公司指定出车**。

公司给我的指示只有：在拍摄日早晨9点到江东区的梦之岛公园等待。

我按照要求在9点前便抵达了现场，并向那里的工作人员

---

* **出演过电视剧**：电视剧里有一个场景是"追上前面那辆车"。乘客钻进出租车后对司机说："追上前面那辆巴士！"并且非常生气地表示："那辆巴士，我明明在等着它，结果它居然无视我直接开走了？！"追上那辆巴士以后，乘客放下1000日元纸币，说了句"等我一下"便气势汹汹地下车冲向了停下来的巴士。出租车司机从乘客的打扮判断出她是个麻烦精，于是没等乘客返回便扬长而去。

** **被公司指定出车**：给我派这份工作的是事务员山田先生。我觉得平日里就很受他关照，所以欣然应允。他能给司机这样的印象应该是因为他本身是个"能干的事务员"吧。

打了招呼。他们只告诉我“请在这里等待”，然后接下来的几个小时里我就一直等在原地。我所在的位置看不到拍摄现场，但因为不知道什么时候会叫我，所以我也不能离开出租车。

过了中午，一位像是助理导演的年轻人给我送来了便当——应该是工作人员吃的外卖便当，比我平时吃的稍微精致一些。吃完便当以后我又没事干了。

我只是一味地待着，不安地东想西想，不知道什么时候会叫我，也不知道要做什么，没有任何人给我解释。

无所事事之间时间不断流逝，这样的等待非常空虚。早知道是这样，我不如带本袖珍书来消磨时间。

太阳西斜时，拍摄团队终于来了，工作人员慌慌张张地开始布景。

彩排时女主演上了车，我似乎只要在驾驶座为她打开车门，然后沉默地开车即可。

女演员坐上出租车后说：“讨厌，这辆出租车开着空调啊！”然后立刻下了车。

当时正是盛夏，我觉得从车外进入车里会很热，所以调低了设定温度。年轻的工作人员飞奔过来说：

“司机师傅，不好意思，请你马上把空调关掉。拍摄结束前不要开空调好吗？”

难道女演员不能吹空调吗？

据说那部电视剧的赞助商是某汽车制造商，所以我在车里等着工作人员用黑色胶布粘住了我这辆车的标志。关掉空调后车内温度瞬间上升，我热得汗流浃背。

终于正式开始拍摄。

那名女演员再次上了车。我心想，如果此时我下车，然后按照惯例以黑车的服务标准给她开门*的话，应该会被骂吧——真是多虑了。后来剧组还拍摄了女演员下车后出租车开走的场景。

只拍了一条就过了，拍摄顺利结束。这次出车，等待十小时，工作十分钟。

我不知道公司签了怎样的合同，但我拿到了正常的日薪**。其实我的实际工作时间只有十分钟，但拿到了一天的日薪，也可以说很划算。不过平日正常的载客工作让我觉得更加充实。

这项拍摄似乎在我回去之后一直持续到深夜。这些年轻人在蚊虫环绕的环境里奋斗到半夜的样子让我觉得，如果不是因为热爱，根本无法坚持。

即便如此，工作人员还是很担心女主演和赞助商出问题——唉，不管什么工作都免不了操心啊！

---

* **以黑车的服务标准给她开门**：司机下车为乘客打开后座车门。但着急出发的乘客并不喜欢这项服务。

** **正常的日薪**：计营收3万日元。

过些天后，我们公司的报纸刊登了《黑车首次出演电视剧！》的新闻，还附上了我的名字和照片。

此后的一段时间里，看到这个新闻的同事都会冲我开玩笑："唷，这活儿干得很不错啊！"

译者注

1 落语：日本一种传统的单人演说型表演艺术，起源于江户时代。

第三章

讨厌警察

某月某日

罚单：

笑眯眯的警察

因为搭载了一位从上野前往世田谷的乘客，那天我的营收罕见地远远超过了5万日元。深夜零点，我正想着结束工作下班，正当我看着复杂的路标犯难决定右转时，迎面碰上了巡逻警车。

好事多磨啊，完了，这里多半禁止右转。这时一位警官从巡逻车上走了下来。

“司机师傅，被我们看到了，没办法哦。”

他笑眯眯地*开出了罚单。

警察看了看我车子的足立区牌照说：“都开到世田谷这么远的地方，赚了不少钱吧？”

“但是有了这笔罚款，我就白干了。”我回答道。

这种情况下的罚金由司机全额承担。违反禁止通行的交规

---

* **笑眯眯地**：其实他的笑容很友好，像是在说今天完成了工作任务。不仅出租车司机，警察可能也要被迫完成额定任务啊。

扣两分，罚款7000日元，刚好是送一位乘客到这里的车费。

“但违规就是违规*，没办法哦。出租车司机是专业人士，如果你们开车都没有做好表率，那……”

笑眯眯的警察一边准备罚单一边说道。

“但足立区并没有这种标志啊。”

我本是开个无伤大雅的玩笑。

谁知他似乎是当真了，于是褪去了脸上的笑意，十分认真地答道：

“不，全国都有。”

有段时间，出租车是管理者的眼中钉。

尤其佃大桥**的“捕鼠器”在司机当中非常有名。

因此，只要靠近那个地方，出租车就会齐齐减速。乘客都觉得非常不可思议。佃大桥有名到所有出租车司机都知道，所以警察也掌握了这一点，之后的一段时间都在那里“捕鼠”。

如果我们违反了交规，那就必须向公司汇报。

我第一次因为被开了违规罚单向公司汇报时，事务员先问

---

* **违规就是违规**：很多司机都会超速、违反临时停车规定、单行道逆行，等等。因为全天都在行驶，有时也确实没办法。不过对于很多司机来说，其实只在于那里是否有警察以及运气够不够好吧。

** **佃大桥**：东京都道473号新富晴海线途经的大桥，跨越隅田川。为了1964年东京奥林匹克运动会的举办而建造，为二战后首次横跨隅田川的桥梁。

我："开的是什么颜色的罚单？"我答道："蓝色的，违反临时停车规定。"于是事务员像是放下心来，说道："那没事*。"

我曾经有一次半夜载客高速行驶在埼玉大宫线上时，不小心超过了"便衣"巡逻车。

那里的标识写着时速80公里——哪有出租车会以80公里的时速行驶啊！

如果按照规定速度行驶，必定会被不断超车，乘客肯定会抱怨——一般来说，乘客都不喜欢被超车，出租车司机的想法也一样。

因此，司机们会理所当然地向车道线移动然后超车，以超过100公里的时速行驶。如果出租车司机在空车状态下时速超过100公里则会响起警告音，但若是在载客状态下，则警告音不会响起。

当我超过那辆银灰色皇冠车时，和司机对上了眼神，我看到他在微笑……完了，不好的预感。

我正想着兴许没那么倒霉，然后立刻靠近左侧的车道线，但并没有其他车辆开上来。

---

* **那没事**：蓝色罚单的正式名称是"交通违章告知书 · 执照保管证"，红色是"告知票 · 执照保管证"。因为交通违章告知书用的纸是蓝色的，所以被称为"蓝色罚单"，对象是违章程度相对较轻者。后者的纸张是红色的，所以被称为"红色罚单"，对象是违章程度相对较重者。

这时，皇冠车突然提速超到了我前面，果然是“便衣”巡逻车。

与此同时它亮起红色灯，车内人用喇叭喊道“请靠左停车”。皇冠车的后玻璃上也显示出“请靠左停车”的字样。这样一来，谎称没注意也行不通了。

我只能停下车来并向乘客道歉：“对不起，被‘便衣’巡逻车抓到了。”接着我暂停打表器，根据警察的指示下了车。

客人留在车里，我则去巡逻车内办理违章的相关手续。

这还是我第一次在载客的情况下被开违章罚单。

办完手续后，我跑回车里。虽然客人看上去并不是很着急，但因为浪费了二十分钟的时间，所以我立刻向乘客道歉。

“我倒是没什么。倒是师傅你，会不会有麻烦啊？”

五十多岁的男性客人同情地对我说。他的话让我稍微放下心来。

我从那里开始把车辆状态切换成了“空车”。其实载客时以“空车”状态行驶原本是违规的。

但我已经给乘客带来了不便，更不能让乘客来承担这部分费用。

得，白干了！当我脑海里浮现出皇冠车上警察的微笑，我就只想用力地踩油门。

某月某日

色情洗浴店：

彻悟人生的如来

出租车司机这份工作和风俗业“关系匪浅”。我常去的区域有很多人来往于吉原。

吉原洗浴街位于台东区千束，最近的车站是莺谷*、浅草或三之轮，从车站到洗浴街只能打车。

据说我进公司前的泡沫经济时期，每当出租车搭载乘客抵达吉原后，车子旁边就会被招揽客人的人团团围住。各家店争先恐后地抢客人，有时招揽客人的人甚至会趴在车盖上，争抢还未下车的客人。

但因为这种行为令客人感到害怕，所以色情洗浴行业更改了揽客方式——只在店门口招揽，让客人觉得这是一条安全、放心的街。因此，我当上出租车司机以后已经看不到这种过激

---

* **莺谷**：东京都内还有一个叫“莺谷”的町名，即位于涩谷区西南部的“莺谷町”。曾经有乘客只说了“去莺谷方向”，然后司机将乘客送去了上野旁边的莺谷——并不是乘客要去的地方，结果被乘客找碴儿要钱，因此事务员提醒大家注意区分。

的抢客场面了。

前往吉原的客人在告知目的地时，有些人会难为情地笑笑，有些人则会流露出不悦的情绪，这种细节也会反映每个人独特的性格。

偶尔也会有客人问：“司机师傅，你知道哪家店比较好吗？”

我有些同事和某些店有合作，所以会把他们搭载的乘客带到熟悉的店里，然后拿店里给他们的回扣。

方向相反的情况下，我们也经常搭载乘客从吉原前往最近的车站。有位客人高兴地从吉原上了我的车并说道：

“现在啊，我们离店前经理*都会问，‘姑娘给您洗得认真吗？技术怎么样？’，调查做得很认真啊。”

我不禁问道：“那您怎么回答的？”

“师傅，这种不知趣的问题可不能问哟，这是武士的仁慈。哈哈哈哈！”

武士的仁慈？这词儿是这种情况下用的吗？

即便如此，洗完浴的男性还是非常高兴。

---

* **经理**：看上去是经理的男性确认了我的驾驶员证并做好记录。我问他为什么这么做，他生气地表示因为有些出租车司机会骚扰店里的姑娘。一部分司机坏了出租车行业的整锅粥，真令人遗憾。

洗浴小姐们也经常坐车。很多姑娘在去吉原的途中会非常直爽地和我谈天说地。

我遇见过一位二十岁上下的女性，身材娇小，尚显稚气。

“我跟您说啊，我的客人里还有八十岁左右的老头子。虽然难为情也没办法，因为这算是非常轻松的活儿，而且他是每个月都来的常客。”

不论对方几岁，我聊天时都会非常注意礼貌，绝不会显得很亲昵。

“啊，年纪这么大的人也会去啊？他一定是您的粉丝吧？”

她们和出租车司机一样，也属于专业服务行业，满足客人的要求就是她们的工作。

“也有那种逞威风的家伙，说什么自己花了钱的，就命令我干这干那。真叫人恶心！但我是专业的，脸上不能表现出来，只能背地里吐槽：‘滚蛋，别再来了，蠢货’。”

我表示完全有同感。

或许是为了纾解压力吧，她在途中一直滔滔不绝地说话，但其中并未掺杂不可思议和悲壮的感觉。有句话叫“兼具趣味和实利”，或许她就是这样？于是我问道：

“但是客人，这份工作您做得开心吧？”

话刚出口我就觉得自己莽撞了，她的工作当然称不上毫无烦恼。我担心听不到她肯定的答案。

她却说：“啊是的，您能明白吗？可能是吧，也有我本身的性格原因，我觉得人生苦短，无论做什么事情都开心地做更好。”

这话如果是年过六十的我说出来那还能理解，可她只是一个二十岁左右的小姑娘，说出这话真令人意外。这位如来，已经彻悟人生了吗？

她到达吉原的店门口后付完车费就下了车，下车后背对着我快速地卷起了短裙。

“送你的！”

她只说了这一句就消失在了店里。

性格如此开朗又爱开玩笑，想必一定有很多客人为了治愈自己而点名要找她吧。

不仅仅是她，乘车往返吉原的女性们*的心声都充满了真实与压迫，我非常喜欢听她们讲述自己的故事。

---

* **乘车往返吉原的女性们**：我从未在这些乘客中遇见过奇怪的人，或许因为她们本身就已经是服务业的“顶级人士”吧。

某月某日

难缠的客人：

资深职员的解决方法

深夜回公司时，我发现事务所*的气氛有些异常。

我暗中问了相熟的事务员，他告诉我值夜班的田尻先生正在另一个房间里应对难缠的客人。

事务员压低声音告诉我，当天发生了交通事故，男性乘客不断抱怨，一直跟着出租车回到了营业所。

我们公司设有专门负责处理事故的“事故工作组”，但没有专员应对难缠的客人，所以基本都由事务岗**的资深职员处理。

公司经常会接到电话投诉，有些的确有正当原因，有些却是不知所云。

---

* **事务所：**有些人原来是司机，到年纪退休以后便兼职在晚上接听电话。他们的工作时间是晚上8点到第二天早上9点，这个时间段正式员工大多在睡觉，基本上都是作为兼职工来的他们接电话。

** **事务岗：**本人有意愿且公司同意的情况下才有可能从司机岗转为事务岗。司机的收入视营收而定，月收入波动很大，但事务岗的收入非常稳定。因为可以定时上下班，所以有些司机非常希望转岗做事务员。但我这个人不太会用电脑，也没想过去处理事务，所以并没有这种想法。

比如“待客态度很差”“故意绕远路”“我们有五个人想打车，但被司机拒绝了”，等等。理由各不相同。但这种深夜一直追到公司来投诉的人我还是第一次见到。

虽然我没听到那位男性具体说了什么，但那个房间偶尔会传出怒吼声——相当的怒气冲天。

田尻先生虽然是在事务岗，但其实直到几年前他都是出租车司机。他身材高大、神色威严，公司正是看中这一点，所以常常派他去接待那些难缠的客人。

虽然田尻先生看起来很凶，但其实很幽默，而且总是设身处地地为司机考虑。我营收不佳的时候，他会安慰我说：“也会有这样的日子啦，内田先生。接下来再努力就好啦。”

很多乘客会在乘车途中向司机诉说怨言。虽然我们对此无可奈何，但其实很多时候我们并不理解乘客到底想抱怨的是什么。

有些人是因为想抱怨所以抱怨，抱怨就是他们的目的，所以拿他们没办法。

田尻先生让当事司机先回家，然后独自面对那位难缠的乘客。

大概过了十五分钟以后，那位难缠的乘客虽然像是垂死挣扎似的态度还是很差，但乖乖地回家了。

我向田尻先生请教：“您是怎么解决的啊？”

他微笑着说："人都有生气上头的时候，过一段时间就会平静下来，不会一直生气的。所以我就沉默地听对方说话，直到对方说完之前都不要反驳。你看刚才，我其实也只是边听他说话边'嗯嗯'地附和他而已。"

这可真是应对难缠客人的模范，田尻先生在这方面的优势真是无人能敌*。

---

* **这方面的优势无人能敌**：听老司机们说，其实田尻先生开出租的时候营收成绩完全排不上号。人哪，都有各自擅长的东西呀。

某月某日

疲劳驾驶：

爱操心的乘客

出租车司机这份工作最需要注意的就是避免疲劳驾驶。

某天晚上我正在高速上，开在我前面的出租车左右大幅摇摆，不断超越车道线。后座的乘客看到这个场景说："那辆车的司机是疲劳驾驶吧？师傅，绝对不要靠近它。"那辆车上的乘客该是怎样的心情啊？

我大多会在深夜零点以后打瞌睡，毕竟连续开十几个小时的车以后，犯困也很正常。

但话虽如此，如果去的是完全陌生或者不太熟悉的地方，那几乎不会犯困，可能是因为人处于紧张状态吧，反而在那些闭着眼睛都能开的道路及非常熟悉的地域开车才危险。

如果车上没有载客，我会去车外活动、深呼吸。如果还是困的话，也可以在车里小睡一会儿。

开车时有个驱除睡意的办法是掐自己的大腿，有时掐得太用力甚至还会掐出淤青。当睡意侵袭导致只能边掐大腿边开车时，就会觉得后座睡得香甜的乘客真可恨。

深夜，有一位老年女性从北千住上车。

“师傅，我是您今天第几个乘客啊？”

“师傅，您今天午饭吃的什么？”

一直到目的地为止，她都不停地在和我聊天。

“我前面那位乘客是从哪里去哪里？”“您老家是哪里？”“您有孩子吗？”“您孩子现在在做什么工作？”……

我心想这人可真爱提问啊！不过到了目的地以后她告诉我：

“因为是深夜*，我怕您犯困，所以一直和您聊天。”

也有爱操心的乘客呢。

深夜，有一位乘客盯着我的脸看了好久才上车。

上车以后他告诉我：“我是在观察你有没有困意，如果你疲劳驾驶我也很为难，对吧？”

“那么，我的脸看起来没问题吧？”我装作开玩笑的样子问道。

“不知道，不过我相信你，所以请安全驾驶哟。”

他的目的地是起步价以内的一家便利店。

起步价……那我压根没时间犯困啊！

---

* **深夜**：夜晚没有载客时，我会听深夜广播，或者有时跟着《奔跑吧！歌谣曲》（文化放送）一起大声唱歌。有些歌曲年轻时毫无感触，但随着年龄增长倒觉得有所触动。都春美的《泪洒摆渡船》是日本的灵歌。还有《*Jet · stream*》（JFN系列）的城达也，他的暖心之言也让我得到了治愈。

某月某日

精湛的演技：

“今天还请您放我一马。”

电台通知，位于上野的东京都美术馆有乘客需要打车。我到达约定地点后发现有两位乘客在等我，男性看上去八十多岁，好像是位知名的书法家，东京都美术馆正在展出他的作品，随行的女性似乎是他的助手。

这位书法家从上车后就看起来身体不适，女助手提出希望我开快一些，尽快抵达他位于国立市的家里。

开车不久后，后座的男性开始发出痛苦的呻吟，女助手十分担心，提高了音量问道：“老师，您没事吧？”

然后又对我说：“能再开快一点吗？*”

我立刻加快了速度，甚至在红绿灯交替时强行冲了过去。

但运气不好，正好在那一刻被摩托车骑警队队员截停。

---

* **能再开快一点吗？**：相反，我还被自称有特殊病症的客人拜托过将时速控制在30公里以内。乘客一直在关注迈速表，只要我稍微超速就会立刻提醒我减速。但夜晚的六本木大道上全都是出租车，在车潮里真的很难以30公里的速度行驶。

他越过窗户往车里窥探，我向他解释了乘客的情况，询问是否可以先将乘客送回家。

骑警队员确认了我的公司名称并记录下我的车牌号后予以放行，要求我将乘客送到家后再返回处理违章。

于是我先将男性书法家送到了他位于国立的家中，同乘的女助手对我说：

“师傅，我也和您一起回去，我去帮您解释是我要求您开快一点，而且那个时间点也不能算闯红灯。”

虽然我婉拒了她的提议，表示不至于如此，但她可能是出于责任感，坚持要与我一同返回，我只能答应。

女助手向骑警队员解释了情况，但骑警队员坚持认为“已经是红灯了，我两只眼睛都看见了”。

我放弃挣扎，但她依然拼命解释。

“我觉得没有完全变红，我两只眼睛也看见了。”她仍然表示抗议，可骑警队员大概认为她是我的同伴，有偏帮的嫌疑，于是威胁我说：“如果你不支付违章费用，不论你在哪儿我都会找到你。”

我一个成年人却被人这么威胁，太惨了。最后，骑警队员依然认定我违章，我自掏腰包付了罚金，但即便如此，这位女性支持我的心意仍旧让我觉得非常开心。

足立区的四家十字路口非常复杂，有些时间段禁止右转，但在这里右转可以抄近道。

不过，这里的岗亭常设警察监管这个十字路口，所以需要特别小心。

我靠近四家十字路口的时候没看到警察*，于是便决定“直接拐吧”，可我刚刚右拐，鸣着警笛的警察就从死角里飞奔而出。

我边停车边把毛巾递给了后座的女性乘客。

“不好意思，可以麻烦您把这块毛巾放在嘴边然后低头闭眼吗？”

女乘客非常惊讶，但立刻按照我说的用手拿着毛巾低下了头。

警察从车门向里看，我对警察说：

“我知道我违章了，但车上有需要急救的病人，今天还请您放我一马。”

那位警察看上去刚刚二十岁出头，他看了看后座稍微有些为难，不过还是微微点头，做了个手势让我离开。幸好是个脑筋灵活的巡警啊。

---

* **警察**：有一次我把车停在出租车站里等客时，有位警察走过来说：“我要检查一下你的后备厢。”并向我解释了原因：“以前有出租车司机藏匿金属球棒和木刀。”可是明明好几辆出租车并排停着，为什么偏偏选中我呢？我这张脸明明长得人畜无害，一看就知道不可能藏匿那种危险物品啊……

车子驶远稍许后，我对乘客说："没事了，感谢您的配合。"

女乘客笑着说："师傅，你瞬间就想到这种办法了啊，真是佩服。"

"不不不，还多亏您演得好。"

我没告诉她，其实这出戏我已经是第二次*演了。

* **已经是第二次**：三年前，在同一个地方，我也让乘客一起演了场戏，同样被警察放行了。我已经完全不记得那位警察长什么样子，但过了三年，我想那位警察应该也不在这里执勤了吧。

某月某日

个体出租车：

尊敬专业中的专业

个体出租车和普通出租车不同，普通出租车有所属的出租车公司，但个体出租车由个人独立运营，凡事自己做主，无须听从任何人的命令。

但获得个体出租车的运营资格并不容易。

首先，司机必须在同一家公司工作十年以上，且一定期间内无事故和违章记录。其次，必须通过法律和地理考试。

我也有几位同事希望运营个体出租车，四十多岁的竹田先生就是其中之一。竹田先生是名开了二十年出租的老司机，平时的营收成绩很不错，性格也无可挑剔。

他向公司提交了转做个体出租车司机的申请后顺利通过了地理考试。

之后，竹田先生按照公司的建议在离职前先转内勤岗——这算是公司对他的照顾，以确保他在离职前“无事故、无违章”。

对公司而言，失去像他那样营收成绩优异的司机是种损失，但为了感谢他多年来对公司的贡献，所以默默地支持他*。

不过我从未有过转做个体出租车的想法。的确，我曾经也很羡慕个体出租车的运营模式，可以自主决定工作时间且无须听从他人指示，但高难度的地理考试对我来说几乎是不可能完成的。最重要的是，我是租房一族，不具备个体出租车必需的车库。

只有能够通过所有难关的人才能成为个体出租车司机。因此，我非常尊敬他们，他们是专业人士中的精英人才。

几十年前，普通出租车司机的待客态度非常恶劣，车也开得横冲直撞，被人们称为"神风出租车**"。但当时的个体出租车司机却相反，司机都是老人，态度非常温和。

而且在泡沫经济时期，如果个体出租车司机认真工作，大约两年的收入就能盖一栋房子。

有一天，我把乘客送到千叶后走高速回程。那天我的营收很不错，把车还回公司就可以下班了。我偶然发现前车是一辆

---

* **默默地支持他**：在都内以公司的名义注册，如果有车库也可以直接把自己家作为事务所。后来我在街上遇见过竹田先生，他开的是一辆白色皇冠个体出租车。我在心里向他打了声招呼——真好啊，实现了自己的愿望呢。

** **神风出租车**：出租车为了争抢乘客有非常多的危险驾驶行为，比如超速、强行超车、闯红灯等，因此得名"神风出租车"。

个体出租车，于是我一边高兴地哼着小曲儿，一边紧跟在它后面，和它保持一定距离的同时又不断追赶它。

那辆个体出租车的司机可能发现了我，我刚加速他就飒爽地飞驰而去。我拼尽全力*地紧随其后，但普通出租车无论如何也追不上以液化石油气为燃料的高性能个体出租车。

好不容易勉强跟上，等下了高速进入普通道路以后，因为并排等红灯，我看见了司机的脸。

那是位应该已经八十多岁的超级资深老司机。

他看着我得意地笑了，似乎在说："小子，你还真跟上了嘿！"

---

* **拼尽全力**：车速估计已经超过了120公里。在设有电子警察（超速自动监管装置）的地方应该都被拍到了。

某月某日

遗忘的物品：

送回去属于服务吗？

“有乘客遗忘了大件行李。”

这是一句暗语，通知司机都内有案件发生。总控通过电台通知全体出租车*，一旦发现奇怪的乘客请及时上报，因为犯人有可能会打车。

这句话的开头一般还会带上地点，例如“从上野上车的乘客遗忘了大件行李”，意思就是上野周边地区的司机要特别注意。通知范围覆盖都内全体普通出租车和个体出租车。

如今，乘客最常遗忘的物品非手机莫属。

下午两点左右，我正在锦糸町附近串街揽客时，后座响起了手机铃声。

我停下了车，手机铃声一直在响，最后我凭借声音在座位

* **通知全体出租车**：曾经有客人听到广播后对我说：“特地用电台通知，看来是很重要的行李啊。”我不能明确地回答，只能含糊其词地搪塞过去。

夹缝里找到了手机*。

我直接按了接听。

“不好意思，请问您是哪位？”

“我是 × × 公司的出租车司机。”

“啊！原来我忘在了出租车上啊。”

乘客察觉手机丢失，然后借了朋友的手机拨打自己的号码，但根本不知道手机丢在了哪里。

谈话间我意识到应该是上午坐过车的乘客，他说现在在新宿。

“没有手机太不方便了，可以请您现在帮我送过来吗？”

这个时候从锦糸町开到新宿差不多要三十分钟，车费将近5000日元。

但这种情况，车费要怎么算呢？乘客可能会认为司机送回遗忘的物品也属于服务的一种。我很担心这一点，支支吾吾地不知道该怎么回答。

“可以麻烦您尽快给我送过来吗？”客人似乎非常焦急。

“那个……车费……”我怯生生地开了口。

客人立刻说：“啊，当然由我付，您打表就行。”

---

* **在座位夹缝里找到了手机**：一般来说，乘客遗忘物品都被认为是司机的责任，司机需要在客人下车时给予提醒并在乘客下车后扫视一遍。但如果掉进了座位夹缝真的很难发现。

既然确认由乘客承担车费，那我就毫无顾虑了，立刻把显示器切换为“载客”，然后朝着新宿开去。

抵达新宿的指定地点后，我顺利地移交了手机。

乘客非常高兴，除了锦糸町到新宿的正常车费之外，还另给了小费。

除此之外，我还碰到过另一种情况，乘客刚下车我便发现他把手机遗落在了后座*，于是立即追了上去。

但是，乘客很快消失在了公寓里，由于玄关是自动关门，所以我毫无办法。

虽然我很困扰，但乘客本人应该更不方便吧。

如今，手机是人类的生活必需品，储存了所有生活信息，许多人一旦丢失手机，日常生活就会受到影响。

按照规定，我们会将乘客遗忘的手机带回公司，等乘客联系我们后再物归原主，期间可能需要好几天。

但是，手机的主人就在离我几十米远的地方啊。

无奈之下，我查看了他的手机来电记录并回拨给了最近的一位联系人。

---

* **后座**：有段时间，出租车后座放置了各种宣传册，目之所及到处都有。不过我们公司并没有这么做。除非乘客要求，司机连广播也不能打开，因为在搭乘期间，车内空间全部属于乘客。

运气还不错，接听的是那位乘客的下属，我说明情况以后，他打了电话到那位乘客的家里，然后那位乘客再返回出租车拿手机。

我向乘客道了歉："我知道通讯录属于您的个人隐私，但我只能想到这个办法了。"

"我明白，马上找回手机真是帮了大忙，谢谢你。"客人道了谢，我这才放下心来。

某月某日

东日本大地震：

一切都不正常

2011年3月11日，我早上7点正常出车，一直在都内行驶，打算和往常一样深夜1点结束工作。

下午2点46分，我行驶在春日大道时，感觉到了摇晃*，当时车上并没有乘客。

据广播播报，此次地震的震源位于三陆冲[1]，东京都内的震级也达到了6级。

不久之后，有乘客在小石川上了我的车前往东京站。途经水道桥附近时，我看到了戴着防空头巾的人，当时我还在想：至于那么夸张吗？把如此落伍的东西都掏出来了。

这位乘客在东京站下车时，我看到马路上的人挤得水泄不通。

广播新闻通知：第一，所有交通均停止运营；第二，可能

---

* **感觉到了摇晃**：因为坐在车里，所以我的感受没有站在地面上那么强烈，但从车子本身以及车外的电线杆和电线的摇晃程度可知这次地震非常严重。

会发生巨大海啸。

我很担心一个人在家的母亲，所以决定把车还回公司后回家看看。

这时，所有马路上全都是车。

我把显示器切成“回场”后开始往公司开，但马路上人满为患，每隔几米就有人向出租车举手示意。

路上一片混乱，车子寸步难行，有几个人几乎把脸贴到车窗上想要上车。我一直低下头，手臂交叉呈X形，表示“抱歉，拒绝载客”。

除了白领，还有和我母亲年纪差不多的老年女性拼命地想要上车。

当时我觉得让她们到后座休息一下也无妨，便同意让她们上车，但现在想想十分后悔，因为道路状况非常混乱，我完全不知道要送她们去哪里以及怎么去。一切都不正常。

往常回公司的路只需要开三十分钟，那天却开了三个小时。

这时的道路状况已经极其混乱，我们公司的大楼就在目之所及的几百米外，但我却迟迟开不过去。

好不容易还完车以后，我立马给家里打电话，母亲说地震发生时她在外面，现在已经回到家了，很安全。

同事们也接二连三地结束工作回到了公司，到处都在感叹：

“我开出租二十年了，第一次碰到这种事儿。”

“我从新小岩回到这里花了两个多小时。”

出租车司机是懂行的人，当道路堵塞时能轻车熟路地走其他路线，但这种时候也束手无策——所有路都堵着，马路变成了停车场*。大家互相谈论着这种从未经历过的状况。

我把当天的营收提交给公司以后，不到晚上10点便往家走。

平时只有我一个人经过的荒川桥此刻也全都是人，拥堵得宛如竹下大道。

因为我只是听到了广播播报，所以之后才知道海啸还引发了核泄漏事故。

* **马路变成了停车场**：汽车导航显示都内几乎所有道路的路况均呈红色——红色即代表拥堵。我还是第一次碰到所有道路都是大红色的情况。那个画面我至今依然记忆深刻。

某月某日

不用找钱了：

体贴的人们

“不用找钱了。”当出租车司机听到这句话时会非常开心。

打高尔夫的人早晨会给球童小费，意思是“今天请多关照”，但出租车司机对人们来说大概率是“萍水相逢、后会无期”的关系，所以给小费并不会产生回报。如果乘客给了司机小费，则代表司机的服务超过了车费的价值，同时也是对司机的一种犒劳。

我接到一个电台派单，乘客位于日本桥人形町一家知名的寿喜烧店。抵达后，招待方将出租车券递给我，告知我将乘客送到春日部市。

我对那个方向很熟悉，所以放心地沿着日光街道向北驶去。乘客是位四十多岁的男性，打扮整洁。他说自己独自来东京工作，家人则留在名古屋，言语间可见他似乎已经非常习惯打车。

抵达他位于春日部的住处以后，客人拿出了一张1万日元的纸币说：“这是小费。”其实招待方已经给了我出租车券，他不用再另付钱。

我很高兴他给了小费，但感到有些惊讶，因为我从来没有收到过这么多小费！于是我向客人确认："真的能收您这么多吗？"

客人说道："啊，也是。"然后拿回了1万日元的纸币*，取出一张5000日元给我。

返回途中我懊悔不已——唉，要是我没多嘴，直接感激地收下那1万日元该多好啊！于是我谨记一句格言：若言之未尽，可拾遗补缺；可一言既出，则驷马难追。

有一位老年女性客人从浅草上车前往新宿。很多上了年纪的女性客人都喜欢和司机谈天说地，因为她们平时没什么聊天的机会，所以打车时就尽情地说想说的话，可能也算是一种纾解压力的方式，而出租车司机是非常合适的聊天对象。

前往新宿的沿途，她顺路去了好几家店铺**购物，并让我在这些店的门口等她。

我们聊天时，她还向我展示了自创的短歌：

"新竹翠成林，飞鸟鸣醉人。"

---

* **1万日元的纸币**：我长达十五年的司机生涯中仅有这一次收到了1万日元的小费，空前绝后啊。可我就这样错过了这次机会！

** **顺路去了好几家店铺**：她进入某家店以后大概超过三十分钟还没有出来，我有些担心，于是进店去找她。

不知道什么原因，我至今依然记得这首短歌。

其实我对于短歌一无所知，但她的分享令我感到非常高兴，所以我称赞道："好厉害啊！"

中途停了好多次等她买东西，最终车费是17000日元。

"和师傅你聊了这么多，我真的很开心。"

营收超过了1万日元我本就很高兴，这位客人还额外给了小费，然后神采飞扬地下了车。

星期天，我在上野站的出租车站接了一位从水户市来旅游的乘客，五十多岁的在职白领风格，手上拿着看起来很高级的照相机，目的地是两国方向。

我们跑遍了那里有名的百兽餐厅*、回向院**和船桥屋***等，他还拜托我以名胜为背景帮他拍照留念。

我按他的要求下了车然后给他拍照。

他说："我妈妈以前住在两国。但现在年龄大了身体不好，没办法自己来，所以我想给妈妈看看现在两国附近的样子。"

---

* **百兽餐厅**：墨田区两国的猪肉餐厅。猪肉锅很有名。

** **回向院**：明历三年（1657年）建造的净土宗寺院。其中由大日本相扑协会建立的"力塚"（祭祀已故相扑选手及年长者的石碑）和鼠小僧次郎吉的墓非常有名。

*** **船桥屋**：文化二年（1805年）起流传至今的老牌日式点心店，出售元祖葛饼。总店位于江东区龟户。

真是个孝顺的人哪。

我们去他定好的地方都转了一圈，最后又把他送回了上野站。

他给了我3000日元的小费，说是当摄影费。

我和给小费的客人全都拥有很好的回忆，他们的心意胜过了金额。

某月某日

街宣车：

乘客的钝感力

在都内开车的话经常会碰到右翼的街宣车。

比如涂满独特涂饰的车辆一边开一边播放着震耳欲聋的军歌，这些特殊用途的汽车几乎全是八个数字的牌照*，在税金方面享有优惠。

我既不是“右翼”也不是“左翼”，所以很难忍受他们单方面地大声宣讲，如果车上没有乘客我就尽量避开。

但有一天我运气不好被街宣车“逮住”了。

那天我在台东区政府附近接了一位乘客，他告诉我“去日本桥”。于是我沿着中央大道直行，因为他要求“开快点”，所以我穿过两车之间进入了右车道。

我知道街宣车在右车道，但因为离它还有一定距离，并没有强行插进去，所以我认为没关系。

---

* **八个数字的牌照**：这类车的汽车税等法定费用比普通车便宜，巡逻车和垃圾收集车也属于这一类。

但是，他们没有放过我。

话筒振鸣，扩音器里传来震耳欲聋的怒吼声：“前面那辆出租车，别插进来！”

虽然我胆战心惊，但仍旧佯装不知地握着方向盘继续贴着左车道线开，并没有轻易挡道。

“喂！ ××公司的出租车，说你呢！就是你！别给我插进来！”

扩音器里排山倒海似的传来声压更高的声音，一直追着我。我的车仿佛是突然出现在狼面前的兔子，成了狼的猎物。

“黑色汽车，××公司，车牌号……”

他们开始大声地朗读我的车牌号。果然啊，他们清楚地知道出租车司机最讨厌的是什么。

这还不是最令人害怕的。此时我车上还有乘客，他一直坐在被后车催促离开的出租车上，让我非常担心。

我从后视镜里观察他，看上去四十多岁的乘客沉浸在自己的手机里，并未注意到现下的情况。

他的钝感力真的很强啊，这样都完全没发现正后方传来的怒吼。

街宣车一直喊着我的公司名称和车牌号，终于，这位乘客察觉了。

“司机师傅，那辆车从刚才开始就在狂吼，说的是咱们吧？”

他用从容不迫的声音问道，相当冷静。

“好像是的。可能因为开到了他们前面，多半让他们不高兴了……”

“哈哈哈，他们要跟我们到哪儿啊？”

我很焦虑，乘客倒是挺胆大。

后来，那辆街宣车在靠近神田须田町十字路口的地方右拐了。

我一直在担心他们要跟到什么时候，该不会下车来吵架吧？现在终于松了一口气，全身都几近脱力。

“哎，他们往那个方向去了。”

男性客人低语道，语气似乎还挺遗憾。

后来回想我才发现，原来那天是宪法纪念日，他们要参加集会。

某月某日

一份肥差：

南方之星演唱会

有一天出车前，我的同期大塚先生碰巧也在，他冲我招了招手。

大塚先生把我带到事务室旁边的走廊，那里没什么人，然后他对我说："我有点事想和你商量。"

"下下周的周六，我要带我侄女去横滨体育馆看南方之星*的演唱会。往返电车的人太多了，所以我想请内田先生你接送我们。"

大塚先生住在埼玉县的八潮市，我心算了从八潮市到横滨体育馆的车费，去程应该有两万日元左右。而且我很清楚大塚先生的性格，接送途中肯定不会有什么幺蛾子。所以这份差事不赖啊……哦不，简直是份肥差啊！

"但我们看演唱会的时候，还请你关掉打表器哦。"

---

* **南方之星**：这个乐队出道的时候，我还以为是喜剧乐队，后来才发现根本不是。不过我从来没有听过他们的歌。

演唱会持续三到四个小时，关掉打表器意味着这几个小时我完全没有营收，但我可以确保往返接送的4万日元车费，这已经令我很感激。

于是，我不假思索地立刻说了“OK”。

“谢啦！还有，这件事情我只跟你说了，所以希望你对其他同事保密哦。”

他的意思是让别人知道别人会羡慕，所以让我保密，但他为什么偏偏把这份肥差给我呢？

“如果只有我自己的话，谁开都无所谓，但我侄女还是个初中生，我不希望司机是个粗野的家伙。”

他的话听起来并无恶意，反而让我觉得是在称赞我的人品。

当天，我按照惯例从早晨7点开始上班，在日落前将显示器切换为“回场”后前往指定地点。此时我的营收仅约1万日元，换作平时我应该会非常焦虑，但今天不必担心，因为我还有一个要前往横滨的大客户！

大塚先生和他的侄女已经在指定地点等我，他的侄女是个很可爱的初中生。

小姑娘在车里完全压抑不住演唱会前的兴奋，一直在和大塚先生谈论南方之星的歌曲*。

她的兴奋和期待感甚至感染到了我，一路上都非常愉快。

我把他们送到横滨体育馆后在附近等他们结束，大约四个小时。

同样在等待看完演唱会客人的司机们看到我的足立区车牌都开玩笑说："喂，接了个大单啊！"

晚上9点多，大塚先生和他的侄女浑身是汗地回到了车上。

返程途中，小姑娘一直高兴地谈论着演唱会，大塚先生也兴奋地一路和她聊天。我虽然只是在旁边听，却也感受到了演唱会带来的兴奋。

那天的车费是4万日元出头，大塚先生还另给了我5000日元作为小费。

就像横滨司机所说的那样，这份差事既令人开心又有所收获。

---

* **南方之星的歌曲**：我从来没听过南方之星的歌曲，所以完全无法理解他们两人所说的话。途中，小姑娘说着说着惊讶地表示："什么？内田先生您竟然没听过南方之星的歌？！居然还有人没听过！"车内洋溢着快乐的气氛，我也觉得心情很不错。

某月某日

湿润的双眸：

坐上副驾驶的他

我从孩提时代起就不喜欢自己的长相。

我是单眼皮，眼睛也很小，但鼻子却是很大的三角鼻，相当显眼。小时候，别人都说我像巨人广冈达朗。我长着一张大众脸，在街上常常被人认错。

我走在新宿的街上时，曾有人向我搭话："三浦先生，好久不见啊。"这人离我不过一米距离，但我对他完全没印象。

"哎呀，我是某某建设的大桥啊！"

"……"

他盯着我看了好几秒后似乎终于意识到认错了人，只扔下一句"什么嘛"就扬长而去。喂，"什么嘛"应该是我的台词吧！

晚上7点多，我在神田站前等红绿灯时，有一位四十多岁穿着西装的男性一边举起手一边直勾勾地盯着我看*。因为他实在盯着我看太久了，我一开始还以为又是个认错人的家伙。

这位男性自行打开副驾驶座的车门并上了车。他只有一个人却坐副驾驶座……情况不妙，感觉奇奇怪怪的。

“今天很热啊。”他说着些无关紧要的话与我闲聊。

我按照他的指示往前开，渐渐进入一条人迹罕至的路。开到某个公园旁边时，他让我停车。

车刚停下来，他就边摸我的大腿边眼眶湿润地注视着我说：“你现在很寂寞吧？”

还有人不介意我这种长得像广冈达朗的五十岁老男人吗？我震惊的同时又倍感奇怪。

“这位乘客，请不要这样。我没有这方面的想法，请您下车吧，车费也不用付了。”

我非常强势地说道。然后他立刻挪开了手，一言不发地打开副驾驶座的门，慌慌张张下了车。

尽管如此，他到底是以什么标准选择了我呢？

实际上这种事情我还经历过一次。

---

* **直勾勾地盯着我看**：虽然乘客从车窗外很难看到出租车司机的脸，但司机向外看却能看得非常清楚，从举手投足的动作到表情都一览无余，即便在行驶中，对于站在人行道上的人是在等红绿灯还是在等出租车也是一看便知。这个技能只要干过几年这份工作自然就信手拈来。

当时上野站附近有一条路被统称为“伪娘小路”。我偶然经过那里时，有位男性举手示意然后上了车。

他看起来也是五十多岁模样，身穿西服，应该是名白领。他同样坐上了副驾驶座，因为经历过神田那位乘客的事，我开始心生防备。

结果这次他连闲聊都不聊，单刀直入地问：“喂，要不要交往？”

“不，我没有那方面需求。”我断然拒绝。于是他大声怒吼：“那你就别在这种地方闲逛啊！”

虽然我真的只是偶然路过，并不是在此处闲逛，但我立刻明白了这里是什么地方。或许在他看来，我脸上充满了欲望吧。

回公司后我跟同事说起这件事。

“是啊，那边很有名的。我在上野周边转悠很多年了。如果在那里等客人很容易被认为是他们的同伴。内田先生，是你失礼了啊。”

某月某日

诡辩：

最讨厌和最可疑的乘客

出租车司机遇见的乘客几乎全是陌生人，不知道来自何处，也不知姓甚名谁。接下来要讲的是我在工作时碰到的最讨厌和最可疑的乘客。

所有出租车司机最不想打交道的人，一是醉鬼，二是“那条道上”的人。但很多时候，我们无法仅凭外观就得出结论。

有一次我串街揽客时，在秋叶原接了一位男性客人，他看着三十多岁的样子，身穿利落的夹克，打扮也很普通。

他说：“3000块，送我去松户。”

3000日元并不足以支付从秋叶原前往松户的车费，而且我们司机严禁挂“烟囱牌*”，我也没有这么做的打算。所以我回

---

* **烟囱牌**：不正确操作打表器、私吞车费等都属于不正当行为。例如司机放倒打表器后载客，抵达目的地时向乘客收取低于打表价格的车费，然后私吞。乘客因为少付了钱也不会有抱怨，司机则把车费收入自己的囊中。以前出租车的空车牌会像旗帜一样立起来，当有乘客上车时，司机就会将它横向按倒然后开始启动车子。因为空车牌竖起的样态类似烟囱，所以昵称为“烟囱牌”。

答道:“我按照打表器收费。”

乘客一言不发，也没有回答我。

于是我启程前往目的地，约1个小时后抵达。打表器显示超过7000日元。

乘客说:“我们说好了3000块对吧? ”然后扔下这些钱就要下车。

“我没有同意。”

“但是你开车了啊，我理解的就是我说了价钱，然后你开车了。”

“我告诉您以打表器为准。”

“我没有认可，我理解的是按照我说的车费收。”

他这完全是诡辩啊，我说东他说西，完全没法儿解决问题。这期间他甚至还说:“那报警好了，让警察来判定谁对谁错。”

他认为出租车司机不能反驳乘客，所以硬生生地将他自己的想法强加给我。

我们在这种状态下争论了十多分钟，事情已经变得很麻烦。我也不敢直接还击说“那就报警论对错吧”。

于是，我忍住懊恼让那位客人下了车。但是当看到他扔下的三张千元纸币以后，我瞬间怒气飙升。

我看着他走进附近的四层公寓，想追在他后面敲门然后大声喊:“客人，请付我车钱! ”我想找他不痛快，但我没有那样的胆量。

我能做的只有对着他的背影诅咒他："这种不讲理的言行总有一天会报应到你自己身上的。"一边嚼碎懊恼往肚子里咽，一边哭着回公司*。

接下来我们来讲讲最奇怪的乘客。

电台指示，藏前站前有一位需要打车的乘客。

我抵达后发现那是一位看上去不到五十岁的男性客人，他的头发长到了肩膀，属于冲浪风格。

他独自上车后只说了一句"去秋叶原"，随即便掏出手机开始打电话。

"我十分钟以后到。东西我带了，就在那里交接吧。对，一辆黑色的出租车。"

抵达指定的公交车站以后，我看到有个人站在那里，约莫比这位乘客年轻一轮，看上去像是在等人，于是乘客对我说："停在那个人面前。我不下车，等我说开车你再开。"

我按照他说的暂时把车停在等待的那个男人面前。

接着，乘客打开车窗并把某样东西递给了窗外那个男人，

---

* **哭着回公司**：那件事之后，我购买了录音机作为一种自我保护的手段，并决定如果碰到像会闹事的乘客时，我就把对话录下来。但那之后，我再也没有遇到过这种客人。

又从那个男人手里接过另一样东西。

交换完物品后，乘客让我送他到附近一个地方，距公交车站仅为起步价左右，并在那里下了车。

几个星期以后，这位乘客再次上了我的车。

他同样是在藏前站前上车，只不过这次是去另一个地方，然后和上次一样和别人交换物品。

虽然我没有任何确定的证据，但他这种行为很容易让人怀疑是在交易违禁药品或其他东西，总之是非法交易。

我也这么怀疑，但同时又很纠结，万一是个误会，岂不是会给乘客和公司都造成麻烦。

这件事情我并没有上报给公司，我深思熟虑后决定，如果再碰到这个乘客并且他依然进行类似交易的话，那时我就报警*。

但在我下定决心以后，却再也没有碰到过那位乘客。

难道是因为他觉得好几次都坐同一家出租车公司的车会露馅，所以换成了其他公司的车？又或者他已经被逮捕了？不，我想太多了，或许他们交换的只是普通的东西呢？

至今为止，我从未当过从犯，因此我还是希望我的担心是多余的。

---

* **报警**：如今行车记录仪非常先进，车内外也有清晰的录像。这种防范效果还不错，因为图像和声音都是铁证，所以犯人很难利用出租车实施犯罪。

某月某日

出租车赌博：

专业力士相扑比赛东京赛期的乐趣

每逢专业力士相扑比赛东京赛期*时，我就会在两国国技馆等待客人。

所有比赛场次都在下午6点前结束，接着观众会如潮水般从国技馆的出入口涌出，大多数人前往旁边的JR两国站，而我在那里等待要搭乘出租车的客人。

下午5点左右，我选了个“好位置”停好车等客。

其实，最前面不一定是好位置。因为先出来的观众通常坐在离出口比较近的地方，他们的票价也相对便宜，而后出来的观众则更有可能是坐在“枡席”和“溜席”的贵宾**。

柴田先生是和我隶属于同营业所的前辈，大约比我年长五

---

* **专业力士相扑比赛东京赛期**：专业力士相扑比赛每年会在两国国技馆举办三次，分别为一月、五月和九月。

** **贵宾**：虽然几乎所有人都只是前往浅草站、上野站、东京站，但我有且仅有一次碰到过有乘客前往高尾，那次真的是中大奖了。而人一旦有过这种经历后就很难放弃，就像玩老虎机一样。

岁，他把正值东京赛期的国技馆门口划为他的地盘。

因为他为人直爽，性格也合得来，所以每当碰面时我们都会打招呼，等客时如果排在很后面，他就会上我的车然后一起闲聊。

有一次，柴田先生问我："赌吗？看之后谁的客人去的地方更远。"我们的赌注是一瓶罐装咖啡，由路程短的那个人请客。

我表示同意，于是两国的这场"出租车赌博"就此拉开帷幕。

下一次见面时，我们会互相诚实地告知上次的结果。

"上次我的客人到新宿，内田先生你呢？"

"我的客人到秋叶原。柴田先生你赢了。"

于是由我请他喝罐装咖啡。

当然，因为我们是自己报结果，所以谁输谁赢全凭一张嘴，但我们都未说谎。

这种比赛大概持续了三年，输赢五五分。因为我只会在两国国技馆门口碰见*柴田先生，所以每当东京赛期（四个月一次）开办时，我去国技馆等客这件事也成了一件小乐事。

但后来，柴田先生的身影却突然从国技馆门口消失了。

营业所的事务员告诉我，柴田先生因为癌症不幸离世。

---

* **只会在两国国技馆门口碰见**：即便隶属于同一家营业所，但如果上班时间不同就几乎碰不到面。我和柴田先生在公司里也见不到彼此。

据说他查出癌症半年后就去世了。因为还不到七十岁，所以其实还很年轻。后来我问了他的地址，非常懊悔地前去拜访。

他住在足立区绫濑古老的都营公寓里。

我听他说过几次他妻子的故事。他们读书时是同学，妻子现在在做护士。他曾非常害羞地告诉我，他的妻子会在他出车时为他准备好晚餐便当让他带上车。夫妻俩好像没有孩子。

我按了门铃，但家里似乎没有人。

于是我往玄关的信箱里投了一封匿名信和奠仪，我在信上写道："您好，我是一名出租车司机，柴田先生生前对我多有照顾，我们曾有过不多但愉快的交流*，我对他深表感激。"

如今，当我经过国技馆附近时，我依然会怀念和柴田先生的出租车赌博。

---

* **愉快的交流**：柴田先生对公司里的信息了如指掌。比如某个职员调职是因为金钱纠纷，某位司机和另一位女性司机有不伦关系，等等。他很善言谈，有说不完的话题，和他聊天非常愉快。

某月某日

旁若无人：

可怕的策略

深夜零点的浅草。有位三十多岁的醉酒乘客上了车后突然说："直行！"

我按照乘客要求朝着藏前方向直行。大约行驶200米后，我向客人确认："这个方向可以吗？"客人只答道："日暮里。"

可日暮里的话……是反方向啊！

"日暮里是相反方向，那我找个地方掉头。"我刚说完，他就怒吼道："为什么要往反方向开！"

对于这种乘客，辩解也是白搭，所以我直接老实道歉。

抵达日暮里后付钱时，乘客的钱包中掉出了名片。

因为他没有发现，所以我捡起来递给他，不经意间看到了名片上的公司名称，是一家大型广告代理店。

我脱口而出*："您在这么优秀的公司工作，可别为难我们小

---

* **脱口而出**：原本我们是不能对乘客说这种话的。虽然我明白这一点，但我也讨厌一直被说这说那，于是想也没想就说出口了。

小的出租车司机呀。”

乘客被揭穿了工作的公司，只小声地说了一句“对不起”就逃也似的离开了。

在密闭空间里旁若无人地张牙舞爪的客人讨厌被别人发现他的身份，一流公司的白领就更加如此了吧?

晚上11点多，新小岩。一位醉酒的客人被两位俄罗斯美女架着双臂塞进车里，只说了一句“去牛久，快到之前叫醒我”，然后就咣的一声躺倒睡去。

茨城县的牛久是个非常有魅力的城市*。从新小岩到牛久的车费应该会超过两万日元吧。

前往牛久的途中，我听到后座传来了鼾声。

我在抵达牛久之前喊他:“乘客，马上到目的地了。”但他并未醒来。我喊了好几次，可他完全没有停止打鼾的想法。

其实我在孩提时代就记住了如何叫醒睡得像死猪一样的人。

小时候，我深夜尿床时会大声叫醒睡在我旁边的奶奶，奶奶就会跳起来大骂:“心脏都差点儿被你吓停了！”那以后我就掌握了喊人起床的技能，先小声喊，然后逐渐提高音量。如果

---

* **牛久是个非常有魅力的城市**：我那天从早上7点开始开车，营收还不到两万日元，所以这一趟车对我来说是扭转乾坤的机会，我非常雀跃。醉酒客人的确是个麻烦，但大多是长途，所以全凭运气。

是普通的醉酒，用这种方法一定可以叫醒对方。

但是就算我这么喊，这位乘客也没醒来。因为司机不能触碰乘客的身体，所以我束手无策。

抵达牛久后，他终于醒了，很生气地问我："为什么你没提前叫醒我？"

就算我向他解释"我喊了您好多次"，他也完全听不进去。

直到路过的人见状对我说："要报警吗？"这场闹剧才好不容易结束。

这位乘客扔给我几张万元纸币，自言自语般复述我的电台号码后下了车。我把纸币捡起来，一共五张，但因为车费刚刚超过两万日元，所以他明显给多了。

我立刻联系公司的电台室汇报情况，电台室指示让我先回公司，把钱交给营业所。

后来，那个客人给公司打了投诉电话，他在电话里说："我付的钱比打表器多，找我钱。"

如果那时我没有立刻联系公司，那我就有可能被认为是私吞了乘客的钱财。

公司彻查后判定我没有过失，多收的钱已全都交给了公司，这件事才算了结。

原来他下车时的自言自语是为了记住电台号码以便之后投诉。真是可怕的策略！

后来我离职时把最有效的叫醒方法教给了同事，那就是手机铃声。

播放来电铃声然后把手机靠近客人的耳朵，这样几乎百分之百能叫醒客人。我在乘客身上试验这个方法并确认有效时，几乎感叹起来要是早几年知道这个秘诀该多好啊！

某月某日

母亲的临终时光：

只展现了人生的A面

2011年，母亲被查出肺腺癌。

医生给了包括手术在内的好几种治疗方案，不过都需要住院治疗。

但母亲拒绝接受一切治疗，选择和之前一样和我一起住在葛饰区立石的家里。

我尽可能地陪伴她并尽孝。母亲十九岁时生下我，含辛茹苦地将我抚养成人，这是我报答她深厚的养育之恩所能做的事情。

母亲出生于大井的立会川旁，家里有四个孩子，她排行老二。刚懂事时，父母就对她说："你住到他们家去吧。"于是她被没有孩子的亲戚收养，后来一个人离开了那个家。那个时代都是如此。后来母亲告诉我，她永远无法和姐妹重修旧好。

和父亲结婚以后，她生下了三个孩子，可父亲做事总是我行我素，因此母亲总被他连累。最后当公司破产时，她被迫作为连带担保人出庭接受审判。

破产风波之后，我和母亲搬到葛饰居住，她在那里结交了几个朋友，终于迎来了安稳的晚年*。

母亲查出癌症的前几个月还自己去拍了遗照并准备了镜框。她的朋友们都调侃说："连这种东西都准备好的人一定长寿呢。"

查出肺腺癌后我们还和以前一样生活，我一直在想这样的日子还能再过几年。两年后，母亲说身体不舒服，然后按她自己的意愿住进了葛饰区当地的医院。

我为了看护母亲请了一个月假。妹妹也每天都去医院，弟弟在工作的间隙也会时不时前去看望。

医生说母亲的病情发展很迅速，时日无多。我每天都去医院，陪伴母亲度过临终的时光**。

母亲住院大概三个礼拜后，我因为整理东西临时回了趟家，这时接到了医院的电话，说母亲情况突然恶化。

我赶到病房后，看到病床边围绕着各种各样的仪器，从护士们慌乱的手脚中我明白母亲的状态很不乐观。

一直看护的妹妹此时也因为有事回了家，她打来电话说立

---

* **安稳的晚年**：几年前，父亲七十九岁时因为误吸性肺炎去了天堂。

** **临终的时光**：母亲住院后住的是四人间，我整天在床边阅读文库本。母亲说："我希望你陪着我，什么都不用做。"她加入了"尊严死协会"，坚持不接受任何续命治疗。

刻赶回来。我想着“一定要赶上啊”，然后不断鼓励戴着氧气罩的母亲说：“妹妹马上就来了。”

妹妹终于赶到了，她几乎快跑断了气，而就在她握住母亲的手的那个瞬间，监护器的线从上下波动变成了一条水平线。

母亲去世前曾笑着说：“放心吧，办葬礼的钱我已经留好了。”办葬礼和销户费等共计花费150多万日元，母亲提前在账户里留存了这部分钱，她连自己的身后事都准备好了。

良宽咏诵道：“红叶显表里，进而归尘土。”但母亲只让我们看到了她人生的A面就离开了。

母亲去世以后，我接到了她的朋友们寄来的信，信里说：“你母亲一直夸你是个孝顺的儿子，她非常自豪。”

有一件事情我非常后悔。

母亲去世后，我读到她有一篇日记里写着：我非常喜欢和正治一起兜风。

我曾经向母亲抱怨：“休息天的时候，我连看到方向盘都觉得讨厌。”

母亲应该是听到这句话才没跟我提过想让我带她去兜风吧。我只和母亲一起去兜过一次风，那次我们是去深大寺吃荞麦面。

人一旦肩负责任，便能激发出超越自身极限的强大力量。

我最重要的责任就是母亲。当我身心疲惫地回到家，也只会报喜不报忧，让母亲觉得我的工作很轻松。

如果没有母亲，我根本没有办法开十五年的出租。

译者注

1 三陆冲：泛指三陆海岸之外的沿海海域与此海域范围内的渔场。

第四章

再见，出租车司机

某月某日

最高营收：

12月，星期五的奇迹

年过花甲以后，我开始认真地考虑什么时候辞职。

我想辞职的其中一个原因是我患有糖尿病，连续十几个小时工作在体力上也有些吃不消。当然这是我自己的问题，但是也不能说和这份工作带来的压力毫无关系，毕竟这份工作的作息非常不规律。

之前我就一直在犹豫是否要退休，直到2013年，我开始更具体地思考这件事。我已经六十二岁了。

儿子已经独立并且有了工作，我的双亲也已离世，现在我只需要考虑自己即可。怎么说呢，有种完成任务的感觉。

我决定逐渐减少工作，每个月的出车次数*从十二次变成六次。我选择从六十岁开始就提前享受退休金福利。

进公司的时候，公司不管不顾地直接让我投入工作，我鲁

* **每个月的出车次数**：每个月的出车次数基本上以本人意愿为先。

莽地往返于根本不可能有客人的日光街道，不过当时的那股拼命劲儿已经一去不复返。

如今我每个月只出车六次，甚至也不想着怎么提高营业额，只是懒洋洋地等待下班。

在那之前我都是工作到凌晨1点多，而现在零点之前我就下班了*。

以前抢着接的电台派单，现在即便响了也不理会。我最辉煌的时期年收入超过500万日元，如今已经跌到区区180万日元。

我失去了工作欲望，运气却反而爆棚。2013年12月的一个星期五发生了奇迹般的事情。

那天我也是早上7点开始工作，把第一位客人送到指定地点以后，下一位乘客立刻接上，就像专门在那里等我似的。送完这位乘客之后，又有人立刻向我举手示意。从上午10点到下午5点，乘客一个接一个，好不热闹。接连四五位乘客以后，我已经不想再看到有人举手了。

连续七个小时我都没有停过.乘客在上野公园下车以后，我确认周围没出现下一位乘客后终于松了一口气。天哪，开了

---

* **零点之前就下班了**：这个时间下班能赶上京成关屋站0点30分的末班车。

十五年出租，我还是第一次碰到这种情况。

好不容易可以喘口气，我刚停下车把座位放倒……然而就在此时，有位客人咣咣地敲响了车门。

他从车窗向里张望然后问我："可以上车吗？"

已经对上了视线，我也无法拒绝他。这位乘客抵达目的地后，又有一位新客人在那里等着我。我忙碌的感觉胜过了高兴，真是手忙脚乱。如此繁忙的日子简直前所未有！

凌晨1点，我回到公司并向事务员提交了当天的报告*。这一天我的营收是99900日元，刷新了历史最高额。

事务员笑着和我打趣："可惜呀！"

工作了十五年，终于刷新了最高营收，心情真是又害羞又自豪啊。

尽管也有偶然间运气爆棚的这种日子，但这一年我的平均日营收为2万到3万日元。

营收10万日元的大单我一次都没有接到过。

---

* **向事务员提交了当天的报告**：本书中多次出现的事务员山田先生在前不久调往了集团公司所属的另一家营业所。其实我也是在山田先生已经离开后才从别人那里得知他调任的事情。公司同事之间的相遇和分别非常平淡。

某月某日

决定性事件：

疑似一过性黑蒙

当我正犹豫到底什么时候辞职时，发生了一件决定性的事件。

2016年9月的某一天，我照例从早上7点开始工作。过晌，我把一位乘客送到春日大道后就开始串街揽客。

突然，我的视野被遮挡住了，就像从左到右被拉上了黑色幕布。我不知道发生了什么，于是慌张地把车停到路边，我发现我的左眼完全看不到任何东西。

我闭上双眼，低下头让自己冷静下来。大约过了五秒，我又小心翼翼地试着睁开眼，发现视力已经恢复正常。

我第一次碰到这种情况，一想到万一这时候车上还有乘客我就很害怕。于是我竖起“回场”的显示牌，直接回了公司*。

一想到这种情况有可能在载客时发生，我觉得自己已经不

---

* **直接回了公司**：第二天我马上去了眼科就诊。诊断结果为“疑似一过性黑蒙”。按医生的说法，这种症状是血管堵塞导致，建议去内科进一步检查。

能再继续工作。

开出租的十五年间，我从未让乘客身处险境，总是安全地将他们全部送到了目的地，我对此引以为傲。

我向公司说明了情况，并决定于10月15日离职。

几天后，我去了内科接受精密检查。医生说："不严重，再观察观察吧*。"

如果再出现这个症状，我势必会给乘客和公司带来麻烦。这样一想，我连方向盘都不敢再握了。

确定退休日期后，我在整理柜子时和在旁边换衣服的久保先生聊天，他是"D班次"。

"内田先生您明明还能继续工作的呀……"久保先生是个有十年资历的老司机，不过年纪要比我小一轮。

"不，我年纪也大了，累了累了。"我并没有提及我的眼病。

"这下我要寂寞了啊！"

他属于"D班次"，其实我们平时很难碰面，即便见到了也不过是站着闲聊几句而已，不过他能这么说我还是很高兴。

"这个你需要吗？"

---

* **再观察观察吧**：医生给我开了药，我边吃药边观察情况。我平时总觉得"到了这个年纪，发生什么都不奇怪，我有心理准备"，但实际上还是会动摇，自己也觉得挺不好意思。或许是因为坚持吃药起了效果，这种症状之后再未出现。

我把柜子里新的塑料雨伞递给他。

“那我就不客气了，谢谢。但我没什么东西送给您……”

“没关系，你拿去吧，今后也加油啊！”

出租车司机的流动非常频繁，没有花束，也没有离职仪式。

我向所长和事务员打过招呼后便离开了营业所。

前往车站的途中，我和这个时间出车的司机们擦肩而过，希望他们今天也努力工作，祝他们一切顺利零事故。接着，我淡漠地沿着熟悉的道路走向京成关屋站。

某月某日

退休后：

独居生活

我以六十五岁的年纪于2016年10月15日退休。

退休后，我的独居生活正式开启。

我再也不必清晨5点30分起床，然后揉着惺忪的睡眼，打扮整齐去公司上班，现在我爱睡到几点就睡到几点。

起初的十天我什么都没干，只是发呆。

但最开始的一个月*，我每天早上一过5点就会自然醒，习惯性地瞬间打算起床准备上班，但又反应过来——啊，我已经辞职了。

直到一个月后我才习惯闲散的生活。

上午我主要做家务，比如打扫、洗衣、倒垃圾等，然后悠闲地看看报纸。下午吃完饭后去散步。

---

* **最开始的一个月**：退休以后我觉得自由了，于是便模仿“超坏的老头”，人生第一次蓄起了白胡子。但每次照镜子时，我只会从镜子里看到一个寒碜的老头，于是我立刻剃掉了胡子。

退休以后，我想过自己会不会对工作有所依恋和感慨，但实际上我平淡到连自己都觉得很惊讶。我还思考过，如果有一天自己厌烦了这种无聊的生活会想做点什么呢？但事实却是我不觉得厌烦。

明明跑出租跑了超过十五年，但我却丝毫不留恋，真是不可思议。

就这样，我成了靠退休金生活的人。

我这个人本就不喝酒也不抽烟。

除了有段时间玩老虎机玩上了瘾——我曾在第二章中提到过这件事——但还没到六十岁的时候，我就自然而然对之丧失了兴趣。

如今老虎机的模式更适合年轻人，投资金额也比较大，我这种老头儿没法儿轻松地玩。我想着“算了吧”，于是也就放弃了。待热情减退后，即便我经过老虎机店门口，内心也毫无波澜。

曾经还有段时间我爱上了打高尔夫，但也不知道从什么时候开始又失去了兴趣，连去高尔夫球场都觉得麻烦，俱乐部也不再参加。

我没有汽车代步，只有辆自行车。平时也不做饭，靠超市的日鲜品和速冻食品等过活。

旅行就更别提了*。我日常的衣服和鞋子等全都是大甩卖时采购的便宜东西，完全能满足我的需求，固定的生活支出只有电、天然气、水、房租、订报、通讯。

虽然我以前也是这么生活的，但如今已经完全可以做到“别人是别人，我是我”，既不羡慕别人，也没有特别想要的东西。

因为患病，就医和吃药的钱属于必要支出，每个月大约需要8000日元，这部分费用出乎意料地贵。不过幸好有国民健康保险，所以我个人只需要承担两成，这真是太令我感谢了。

我的退休金每个月大约12万日元，其中6万付房租，5万付其他生活费，除此之外还有医药费，等等。再怎么节约，每个月也有2万到3万日元的赤字。

我依靠着不多的积蓄和母亲的几十万遗产填补赤字。

但这些钱也快花完了。于是，我每天都在想该怎么办，我觉得自己必须找份工作。

---

* **旅行就更别提了**：我的独生子因公前往泰国工作。他曾对我说：“老妈来过泰国两次了，但老爸你一次都没来过。”其实我不是不去，而是由于工作和金钱问题没法儿去。以前干批发时，我曾多次受到当时生意好的厂商邀请去海外旅行，但破产后我便再也没去过海外。

某月某日

尊敬的目光：

招募自行车停车场老年整理员

母亲生前常说："就算贫穷，也不要忘记心中的骄傲。"

战争时期有一句标语叫"获胜之前，无所贪求"，但我现在的状态是"死亡之前，无所贪求"。

如今的我有些小小的乐趣。

乐趣之一是偶数月的15号。不用说也知道，这一天是退休金到账的日子。

钱不是万能的，但没有钱是万万不能的。我从好几天前就开始掰着手指数这一天什么时候到来，因为这一天会有两个月合计24万日元存入我的账户。

还有一个乐趣是我已经年满七十岁。

2021年9月我刚满七十岁时恰逢政府出台了一个新规，即年满七十岁的老人可以享受新发行的"东京都老年交通卡*"，

---

* **东京都老年交通卡**：为了提升老年人群的社会参与度及福祉水平，东京公共交通协会在东京都政府的支持下实行了这项措施。持卡者可随意乘坐东京都内的民营巴士和都营交通。

售价1000日元。只要购买了这张卡就可以在东京都内畅行。

散步对我来说既是爱好，也是一种消磨时间的方式，而且还有利于身体健康。

我手握“老年交通卡”前往以前因工作而去的地方，现在不会被任何人命令去哪里，也不会在弄错道路时被抱怨。

都内沿河地区都经过了修整，最适合散步。

我的足迹遍布神田川、隅田川、荒川、江户川、中川、目黑川、石神井川、妙正寺川、吞川、大横川、仙台堀川、横十间川、北十间川等地方，累了就刷老年交通卡坐车回家。我喜欢这种乐趣，这样的生活也挺有意思。

我的前同事们依然在开出租，所以我这个退休人士自然而然和他们疏远了。

我希望和人交流，于是参加了区里组织的“健康麻雀”小组*，这是个免费组织，每周一次小组活动，我会和那里的同龄朋友一起交流。

有一次，我在区公报的招聘栏上看到一则招聘信息：招募自行车停车场老年整理员，日薪8000日元。我非常感兴趣，于是打了个电话给我的熟人藤原先生，他就在做这份工作。藤原

---

* **“健康麻雀”小组**：这是一个高级小组，坚持“三不”方针，即“不赌博”“不抽烟”“不喝酒”，追求“健康至上”。

先生比我大五岁，也是“健康麻雀”小组的成员。

“内田先生，你可以应聘试试，不过我觉得大概率不行。这份工作和除草、打扫相比相对轻松，所以大伙儿都是排队抢着干。另外，根据工作地点的不同，有些工作比较累，有些则比较轻松，但自己没法儿选择。我现在还在这个地方干，下个月就要被派到金町那边去了。”

听了藤原先生的话以后，我发现自己动摇了。

社会比我想象的要严峻。

于是，当我在街上看到身戴黄色安全带的自行车整理员和交通引导员时，都会以尊敬的目光注视他们。

某月某日

令人叹息的疫情：

现役司机的自白

2020年春天，全球暴发疫情，这对出租车行业而言可谓是一场极大的打击，连过去的雷曼危机都无法比拟。

有一天，我因为双手都提着重物，所以在车站打了一辆正在等客的出租车。我对司机说："不好意思，我去的地方比较近。"司机只是淡淡地回了一句"好的"，似乎颇为失望。其实我很理解他此时的心情，等了很久却等来了一个短途客人，肯定有些沮丧。

接着我又给他指了路，他却明显毫无干劲地回了一句"好的"。

本来因为只是起步价我觉得很抱歉，打算付1000日元，多出来的钱就当作小费。但他这种反应推翻了我的想法，我直接收了找零。

虽然疫情的确导致生活很艰难，但我认为这种时候更应该改善待客态度，这也是为了自己啊……

关于疫情带来的影响，我询问了几位相熟的现役司机。

七十多岁的川名先生也是我的班长，我在职时备受他照顾。

“雷曼危机的时候，街上也还是有人的吧？只是打车的人少了。但是现在街上根本没有人。这种事情还是第一次。”

他在电话那头苦笑。

“银座成了座‘荒城’。因为夜晚的银座变成了一条‘死街’，所以很多司机都流连于新宿歌舞伎町和六本木附近，可大家的想法都一样啊，所以那里挤满了等客的出租车。深夜津贴更是指望不上。”

据《东京交通报》（出租车、公交车等行业的业内报纸）报道，都内出租车的运作率较上一年下跌*35%。

都内某出租车公司约六百名司机被全部解雇一事引起了热议。

“我从昨天早上9点工作到今天凌晨3点，你猜我的营收是多少？你敢信吗，才3万日元出头啊！”

川名先生在公司张贴的成绩表上是上位圈的常客，而我只是徘徊在平均线上下，因此他是位成绩优异、水平远在我之上的司机，可如今他的营收也如此惨淡。

* **下跌**：2020年4月日本宣布进入紧急状态，当时都内特别区（都内23区、武藏野市、三鹰市）的出租车每辆每天的平均营收为22511日元，营收水平约下跌为平时的一半。（据《东京交通报》报道）

“公司要求我们的最低营收要在4万到4.5万日元之间，真是不讲道理啊，怎么可能做得到？”

我在职时，他的每日营收应该在6万到7万日元，如今少了一半。

“我靠跑出租养活了家人，养大了两个孩子，我觉得这是份不错的工作。但是现在的人很可怜。新人就算入职了也会马上辞职。没办法，根本没法生活啊。”

“或许，内田先生你辞职辞得恰是时候。”川名先生的话在我耳边久久回响。

后记

我与四万多人的相遇

小时候，睡在我身旁的祖母有一句经典名言：

“没有比睡觉更开心的事了，这世上的傻瓜却忙着起来劳碌。”

大田南亩有一首狂歌叫《少欲知足》，意思大概是没必要牺牲自己的时间和自主性来赚取不必要的收入。

即便如此，很多人还是必须起床工作。如果借大田南亩的话来说，就是不得不成为“愚人”。

凌晨3点时，就算我坚持等客，也只能看见偶尔动弹的流浪者。当我旁边一个人都没有时，我不禁叹息：“我到底在干什么啊！”

每当找不到客人时，我就会很羡慕等红绿灯时与我并排的公交车*司机。

* **与我并排的公交车**：比如环绕台东区的小型公交车“环线巴士”，这趟会经过区内各个地方，对于起步价客人来说，它是强有力的竞争对手。

他们开的都是固定路线，所以不用担心迷路，也不会因为搞错目的地而被乘客痛骂*。最重要的是，不用拼命地去寻找客人。

这十五年间，我接触了四万多人**。

如本书所述，我出租车生涯里的回忆有好有坏，但如今回顾起来，我都倍感怀念。

坦白地说，当时家业破产，我除了开出租别无选择，因为只有这个职业接受我。然后就这样，十五年的岁月从指缝间溜走。

这十五年究竟是好是坏，已经没必要去做出判断。

事实就是，我就那样活了下来。

内田正治

2021年9月

---

* **被乘客痛骂**：我虽然被客人谩骂过很多次，但没有被踢过椅子或是发生肢体冲突。听了同事们的故事，我觉得我还算运气好的。

** **四万多人**：如果一次当班有二十人乘车，一个月出车十二次，每个月就有二百四十人，一年两千八百八十人，15年就是四万三千二百人。

图书在版编目（CIP）数据

出租车司机日记 /（日）内田正治著；沈于晨译.
天津：天津人民出版社，2025. 8. —（50岁打工人）.
ISBN 978-7-201-21297-5

Ⅰ. I313.55

中国国家版本馆CIP数据核字第20259Q4J35号

著作权合同登记号图字：02-2025-076号

出租车司机日记

CHUZUCHE SIJI RIJI

出　　版　天津人民出版社
出 版 人　刘锦泉
地　　址　天津市和平区西康路 35 号康岳大厦
邮政编码　300051
邮购电话　022-23332469
电子信箱　reader@tjrmcbs.com

选题策划　联合天际 · 文艺生活工作室
责任编辑　伍绍东
特约编辑　李芳铃
美术编辑　梁健平
封面设计　喂！vee

制版印刷　河北鹏润印刷有限公司
经　　销　新华书店
发　　行　未读（天津）文化传媒有限公司
开　　本　787 毫米 ×1092 毫米　1/32
印　　张　6.75
字　　数　115 千字
版次印次　2025 年 8 月第 1 版　2025 年 8 月第 1 次印刷
定　　价　45.00 元

关注未读好书

客服咨询

本书若有质量问题，请与本公司图书销售中心联系调换
电话：(010) 52435752